Walter W. Braun

Deutsch-Französische Liaison

- C'est la vie

Bibliografische Information der Deutschen Nationalbibliothek:
Die Deutsche Nationalbibliothek verzeichnet diese Publikation in
der Deutschen Nationalbibliografie; detaillierte bibliografische
Daten sind im Internet über http://dnb.dnb.de abrufbar.

Illustration: Walter W. Braun
Titelbild: Bronzeplastik Begegnung des Münchner Bildhauers
Josef Fromm im „Garten der Zwei Ufer" oder „Jardin des Deux
Rives" am Kehler Rheinufer

Herstellung und Verlag: BoD – Books on Demand, Norderstedt

ISBN: 978-375-435-738-5

Vorwort

Dieses Buch ist meinen ehemaligen Nachbarn, dem väterlichen Freund Pierre Boisse und seiner Frau Eleonore gewidmet (die Namen sind geändert), denen wir große Wertschätzung, abwechslungsreiche Stunden, gemeinsame fröhliche Feiern in Bühl und in Frankreich zu verdanken haben. Mit ihnen verbrachten wir erholsame und entspannte Urlaubstage in „Port la Nouvelle" an der Mittelmeerküste in Südfrankreich. Mit ihnen durften wir an extraordinären Veranstaltungen teilnehmen, wie „La fête de l'aïd el-Kébir" von Afronaaa, einer deutsch-französischen Sozialeinrichtung. Diese Feiern fanden überwiegend in Kasernen der französischen Streitkräfte nahe Straßburg statt.

Wir waren Ersatz für ihre nicht sehr familiengebundenen Angehörigen, Ansprechpartner in seelischen Nöten und Helfer bei Tätigkeiten im und rund ums Haus.

Die Namen sind fiktiv, Hintergründe und Ereignisse der Vita eines aus Algerien stammenden französischen Bürgers und seiner deutschen Ehefrau, ein typisch deutsches „Meenzer Meedsche", basieren auf deren persönlichen Schilderungen und meiner subjektiven Wahrnehmung, eingebunden in das sie tangierende geschichtliche Umfeld.

Walter W. Braun

Bühl, Januar 2016

Inhaltsverzeichnis

1

Wo die Wurzeln sind

Das alte Europa ist klein im Vergleich zu den anderen Erdteilen dieser Welt, doch es ist groß in der Vermischung der Völker und Kulturen. Wer kennt sie noch alle, die in Jahrtausenden von Ost nach West wanderten oder von Nord nach Süd? Die Germanen waren es, die Hunnen, Langobarden, die slawischen Völker und viel andere, die für sich Gebiete zu erobern gedachten, neuen Lebensraum suchten oder schlichtweg einfach nur reiche Beute machen wollten. Die Römer waren um die Zeitenwende auf dem Kontinent – und weit darüber hinaus – eine Weltmacht und legten das Fundament für unsere heutige Zivilisation. Sie schufen und pflegten ein umspannendes Wegenetz um ihre Standorte schnell zu erreichen und ihre Truppen in kürzester Zeit an alle wichtigen Brennpunkte bringen zu können. Das sicherte ihnen strategische Vorteile, gleichzeitig eine optimale Versorgung der Truppen und des sie begleitenden Tross die sie sonst noch zur Versorgung bedurfte.

Wir verdanken den Römern den Weinanbau, den sie nach Europa brachten, und wer denkt da nicht an viele schönen Stunden, bei „Wein, Weib und Gesang", wie es der Dichter so wundersam beschreibt.

Die Wurzeln von Pierre Boisse liegen in Sizilien, der größten Insel Italiens und nur durch die Straße von Messina vom Festland getrennt. Der Ursprung der Einwohner dieser Insel geht auf arabischen und griechischen Ursprünge zurück. Die Vorfahren von Pierre lebten schon seit undenkliche Zeiten auf dieser Insel und sie gehörten zu den angesehenen, einflussreichen Familien.

Welche Gründe den Großvater trieben, seinen Wohnsitz von Sizilien nach Algerien zu verlegen, ist nicht bekannt. Es kann gut sein, dass es einen beruflichen, geschäftlichen Anlasse gab?, oder wollte er sich einem der berühmt-berüchtigten Mafia-Clans und deren Einflussbereich entziehen? Gründe gab es Anfang des 20. Jahrhunderts genug. Nicht zu vergessen, man war quasi mit den nordafrikanischen Maghrebinern verwandt.

Pierres Vater gehörte zur wohlhabenden Mittelschicht, lebte und wohnte in Algier, der Hauptstadt von Algerien, der um diese Zeit prosperierenden Großstadt und heutigen Millionenstadt am Mittelmeer. Das Land war seit 1830 ein Departement von Frankreich. Hier kam Pierre 1924 zur Welt und genoss dadurch das für ihn wichtige Privileg, französischer Staatsbürger zu sein.

Seine Herkunft ermöglichte ihm den Besuch des Lyzeums und nach erfolgreichem Abschluss und einer Lehre zum Bankkaufmann, lockte ihn das Militär. Bei den französischen Streitkräften brachte er es zum Captaine, mit Spezialausbildungen für geheime militärische Sonderaufgaben. Damit war er als Algerier in guter Gesellschaft, denn während dem Zweiten Weltkrieg dienten mehr als 66'000 Wehrpflichtige, aus seinem Land in der französischen Armee.

In den letzten Monaten des Zweiten Weltkrieges zog er mit seiner Einheit durch die burgundische Pforte und über die Höhen der Vogesen, dem Grand Ballon, in das von Deutschen besetzte Elsass. Noch im April 1945 wagte seine algerische

Einheit bei Speyer den ultimativen Sprung über den Rhein. Nach der Kapitulation der Deutschen Wehrmacht am 8. Mai 1945, kam er in die Gutenberg-Stadt Mainz, heute Landeshauptstadt von Rheinland-Pfalz, und die französische Garnison wurde für die nächsten zehn Jahre seine Heimat. In dieser Zeit war er als Soldat maßgeblich in der Spionageabwehr und Steuerung der eigenen Überwachung des DDR-Staates verantwortlich; alles also streng geheim. Man war mitten im sogenannten „Kalten Krieg". Schon während der Kriegszeit war er mehrfach mit unterschiedlichen hohen Orden ausgezeichnet worden, und das verschaffte ihm Reputation und Ehre.

Die Franzosen waren im Südwesten Deutschlands noch lange Besatzungsmacht, und gerade die höheren Dienstgrade des Militärs genossen in den Friedenszeiten beneidenswerte Privilegien. Und in Mainz fanden sich zudem noch viele Spuren der früheren französischen Herrschaft nicht erst seit Napoleon. Manche Redewendungen in der Bevölkerung erinnern noch an diese Zeit wie: „Mach kei fisimatente", ein umgangssprachlicher Ausdruck für Unsinn. Der Ursprung soll in der Einladung französischer Soldaten Anfang des 19. Jahrhunderts sein, die Mädchen zum „Zeitvertreib" in ihr Lager lockten: „Visitez ma tente" (komm in mein Zelt) oder der Befehl eines Vorgesetzten: „Voici ma tente" (sieh dort mein Zelt), wenn ein Untergebener zum Rapport einbestellt wurde.

Vieles hatte Einfluss auf die Sprache genommen; kurzum, das Meenzerische ist ein Mischdialekt, entstanden aus dem Pfälzischen und dem Südhessischen, mit starken französischen Einschlägen, vielfältig sogar beeinflusst durch das Jiddische und Rotwelsche. Alle diese Einflüsse zusammen ergeben tatsächlich ein blumiges sprachliches Sammelsurium. Da ist von vielen Völkerscharen aus der römischen Epoche etwas dabei; ein wunderschönes Durcheinander quer durch den linguistischen Sprachgarten der Europäischen Geschichte. Ja, ja, „vun de Lung uff die Zung, so babbele mer in Meenz." (aus kleine Sprachgeschichte: Meenzerisch von Hans-Peter Betz).

Das Leben im Nachkriegsdeutschland war für einen französischen Militärangehörigen „magnifique et avec le plaisir" (großartig und mit Vergnügen). Die jungen Männer hielten sich keineswegs nur im Offizierskasino auf, sie bevölkerten alleine und in Scharen die Stadt und sie waren sich wohl bewusst: „Wir sind die Sieger, wir haben das Sagen." Man hatte sich eingerichtet und wollte bleiben, die Franzosen zeigten auffallend ihre Aversionen, gegenüber den ehemaligen deutschen Besatzern. Hatten sie etwa ihre unrühmliche Unterdrückung über mehrere Jahrzehnte durch Napoleon schon vergessen? Letztlich war es Staatsmännern wie De Gaulles – Adenauer und Kohl – Mitterrand zu verdanken, dass endlich eine neue Zeit der Völkerverständigung anbrach.

Die friedlichere Zeit bewegte Pierre nun zu Überlegungen über seine familiäre Zukunftsplanung. Er war ein attraktiver junger Mann mit arabischem Einschlag, genau der Typ, der in jener Zeit den Frauen sehr gefiel und der angenehm auffiel. Schnell lernte er eine junge Frau kennen und bald heirateten sie. Den verheirateten Offizieren standen Wohnungen außerhalb der Kaserne zur Verfügung, und in eine großzügige, komplett eingerichtete Dreizimmerwohnung konnte er mit seiner Frau einziehen. Komplett eingerichtet zu sein, war wichtig oder in der Armee unverzichtbar, denn keiner wusste, wann und wohin er versetzt würde. Da lohnte sich nicht die Anschaffung eigener Möbel, die dann zu hohen Transport-Kosten mitgenommen, verschickt oder eingelagert werden mussten. Darüber waren sich die Verantwortlichen im Militär wohl im Klaren und versorgten lieber aus eigenem Interesse so ihre Leute. Sonderlich schwer fiel das nicht, denn was zugeteilt wurde, stammte aus Requirierungen in der deutschen Bevölkerung, eine Maßnahme, die noch bis ins Jahr 1948 andauerte. Und was konfisziert wurde, das war nicht das Schlechteste, das war kein Kruscht, den keiner mehr haben wollte, und dieser Vorteil kam wiederum speziell den höheren Rängen zugute.

Die Familie wuchs. Im Abstand von 2 Jahren wurde Pierre Vater eines Mädchens, das sie Jaqueline tauften und eines Jungen, der den Namen Hugo erhielt. Seiner Herkunft geschuldet oder besser seinen Vorfahren gemäß, war er Katholik, ohne praktizierender Kirchgänger zu sein. Dafür hatte man beim Militär zu wenig Zeit. Aber die Taufzeremonie mit einem Pfarrer musste trotzdem sein. Beide Kinder wurden demzufolge katholisch getauft. Langes Glück war der Ehe allerdings nicht beschieden. Die Frau von Pierre war weder eine gute Mutter, noch eine treue Ehefrau, und die häufige dienstliche Abwesenheit ihres Mannes, ergab genug Gelegenheiten ihm Hörner aufzusetzen. Anfang der 50er-Jahre des letzten Jahrhunderts, war Frankreich noch im Indochina-Krieg verwickelt, der erst 1954 zu Ende ging. Zwei Jahre lang war Pierre in Vietnam-Krieg im Einsatz. Dies waren keine ungefährlichen Jahre; mehr wie einmal befand er sich in akuter Lebensgefahr, und das tropische Klima kam noch belastend hinzu. Viele seiner Kameraden starben nicht an den Schussverletzungen oder im Bombenhagel, sondern an Malaria oder anderen Tropenkrankheiten. Derweil trieb sich seine Frau mit anderen französischen Offizieren herum, und das blieb Pierre nicht verborgen oder wurde ihm irgendwann zugetragen.

Geradlinigkeit, Ehre und Pflichterfüllung waren ihm schon mit in die Wiege gelegt worden. Seine sizilianischen Wurzeln und die Sitten des Maghreb verstanden keine Toleranz, er machte deshalb keinen langen Prozess. Kurzerhand warf er die untreue Frau aus dem Haus und er trennte sich von ihr; die Ehe wurde geschieden. Das war damals in diesem Kreis relativ einfach, das ging ruckzuck über die Bühne. Die Kinder verblieben selbstverständlich in der Obhut des Vaters, weil die Frau nach damaligem Recht schuldig geschienen wurde.

Mit seiner Frau war er nur wenige Jahre verheiratet gewesen, und nun stand er mit zwei kleinen Kindern alleine da und brauchte jemand, der ihm den Haushalt versorgte und sich um die Kinder kümmerte. Das war aber das geringste Problem, Personal war in jenen Tagen schnell zu bekommen und im Haushalt Beschäftigte waren billig. Es fanden sich genug deutsche Frauen, die gerne einem französischen Offizier den Haushalt führten. Auf diese Weise kam er vorläufig über die Runden. Angestelltes Personal konnte aber mit Sicherheit eine Mutter nicht voll ersetzen.

Vermutlich hat diese Zeit, in der frühen Phase der Kindheit, nachhaltigen und nicht mehr gutzumachenden, negativen Einfluss auf das spätere Leben seiner beiden Kinder genommen, ohne dass dies gewollt war, oder man dem Vater eine oder alleinige Schuld hätte geben dürfen.

Algerischer Soldat in der französischen Armee

2

Ein Mainzer Mädchen

Ein junges attraktives Mädchen in Mainz hatte die Schrecken der Vorkriegs- und Nach-Kriegszeit einigermaßen gut überstanden und vor allem lebend. Sie war sich bewusst: „ich bin noch jung und das ganze Leben liegt noch vor mir." Was sollte da die Politik eine große Rolle für mich spielen, es sei denn, die Familie wäre direkt davon betroffen gewesen – und das war sie.

Warum ich explizit auch vom Schrecken in der Vorkriegszeit schreibe, hat auch einen politischen Hintergrund. Ihr Vater war ein angesehener und nicht unvermögender Schneidermeister. Der Mann war überdies sehr belesen, besaß eine Menge Bücher, und speziell Schliemann und die ägyptischen Pharaonen hatten es ihm angetan. Aber er war auch ein überzeugter, aktiver Sozialdemokrat. Damit stand er nach 1933 voll im Fokus der Nazi-Schergen. In seiner Überzeugung ließ er sich weder durch Repressalien noch durch Drohungen verbiegen und das zog schon bald üble Folgen und existentielle Nachteile nach sich. Schon Mitte der 30er-Jahre ließen ihn die Nazis verhaften und steckten ihn mehrere Jahre ins Gefängnis. Nach seiner Entlassung wurde er weiterhin beobachtet und immer wieder schikaniert. So durfte er keinen Führerschein machen, um nur einen dieser Nachteile zu nennen. Ein Auto kaufte er trotzdem für seine Familie. Kurzentschlossen machte nun seine Frau den Führerschein machen und danach steuerte sie zukünftig die Familienkutsche. „Es war das einzige Auto das es in der ganzen Straße gab", berichtete Eleonore später stolz. Eleonores Mutter war eine couragierte und willensstarke Frau, was nicht von ungefähr kam. Sie entstammte einem alten, aber verarmten preußischen Adel und war entsprechend geprägt oder es lag in ihren Genen. Sie trug im Mädchennamen noch ein „von", hatte aber darauf keinen Wert gelegt und bei der Heirat darauf verzichtet.

Mit einer Vorstrafe war ihr Mann nicht zum Militär tauglich oder nicht würdig als Soldat dienen zu dürfen. Das hatte rückwirkend betrachtet seine positive Seite, wenngleich sein Umfeld es vielleicht nicht so sah. Er wurde nicht eingezogen, musste nicht in den Krieg und überlebte trotz vielerlei Schikanen unversehrt, einschließlich die damit in der Heimat zusammenhängenden, schrecklichen Ereignisse. Die Stadt Mainz wurde zwischen 1941 und 1945 mehrfach bombardiert und stark zerstört. Auch das Mehrfamilienhaus der Eltern Eleonores – so hieß das einzige Kind von Johanna, geborene von Trappstedt und August Schwarz, wurde erheblich in Mitleidenschaft gezogen. Teile der Fassade fehlten und außerdem, was besonders übel war, der „Aabee", die – wie damals dort allgemein üblich – außerhalb der Wohnung befindliche Toilette genannt wurde.

Viele Offiziere des französischen Militärs lebten in Villen und noblen Häusern, die sie bei den deutschen Besitzern hatten beschlagnahmen lassen. Niedere Dienstgrade wurden in Wohnungen bei Mainzer Familien einquartiert, die dafür ein oder zwei Zimmer abzutreten mussten. Auf diese Weise bekam auch die Familie Schwarz einen Mitbewohner zugewiesen. Es war ein junger Mann, etwa 30 Jahre alt und mit ihm –

dem einstigen Feind – lebten sie gut und friedlich unter einem Dach zusammen. Alle Einquartierte waren überwiegend nette Kerle, froh, nicht immer nur in der Kaserne leben zu müssen. Gut, es gab auch unter den Besatzern den einen oder anderen „Stinkstiefel"; die Familie Schwarz hatte jedoch Glück. Ihr „Gast" war höflich, gebildet, freundlich und zur Familie zuvorkommend. Nebenbei fiel in der Mangelzeit auch das eine oder andere aus der Kasernen-Kantine oder aus den französischen Läden für sie ab.

Vielleicht fand der „Gast" auch ein wenig Nestwärme und Ersatz für seine eigene Familie, „die ihm sehr fehlte", wie er oft klagte. Der Mann war verheiratet und Vater zweier Kinder, die darauf warteten, dass der Papa nun endlich, nachdem der Krieg doch zu Ende war und nach seiner Militärzeit, unversehrt zu ihnen nach Hause kommen würde.

Erstaunt stellte der Mann nach dem Einzug fest, und konnte es kaum begreifen, dass es im Haus keine Toilette und kein Bad gab. Wie erwähnt, war leider gerade dieser Gebäudeteil durch Bombeneinwirkung betroffen und eingestürzt. „Man muss doch eine Toilette haben", sagte er bestürzt. Kurzentschlossen organisierte er mit Kameraden Bretter, was so kurz nach Kriegsende ziemlich schwierig war, und sie zimmerten ein Häuschen „mit Herz" im Garten: „Voilà, une toilette de luxe." Das Provisorium war zwar schlicht, erfüllte aber seinen Zweck und stand allen Bewohnern des Hauses über einen längeren Zeitraum als einzige Toilette zur Verfügung, bis endlich wieder Baumaterial zu haben war, und die Familie Schwarz das Nötige beschaffen konnte, um ihr beschädigtes Haus instandsetzen zu lassen.

Über die Jahre normalisierten sich langsam die Verhältnisse, die Währungsreform 1948 kam und mit ihr der Wirtschaftsaufschwung. Derweil wuchs das Einzelkind der Familie Schwarz behütet im gut bürgerlichen Hause auf. Sie war ein kluges Mädchen und hübsche junge Dame, und besuchte die Anne-Frank-Realschule. Dabei entwickelte sie ein Faible für die französische Sprache. Vielleicht hatte der einquartierte Gast den nötigen Ansporn dazu gegeben, eine Inspiration, oder es war infolge der Besatzung nur eine Folgeerscheinung, so wie man in den englischsprachigen Besatzungszonen englisch lernte.

Was auch immer der Grund gewesen sein mag, das Mädchen lernte fleißig und interessiert Französisch. In diesem Zusammenhang war es für die Schülerinnen wichtig und von großem Vorteil, die Sprache auch in der Praxis anzuwenden. Die Lehrerin vermittelte Kontakte zu französischen Einrichtungen, die sich gerne mit einem guten Draht zur Bevölkerung schmückten. Bei Festen und Veranstaltungen im, Kreise von Franzosen, die in der Regel innerhalb der Kasernen stattfanden, aber auch gelegentlich öffentlich in der Stadt, wurden die jugendlichen Schülerinnen gerne als „bunte Farbtupfer" eingeladen. Sie waren nicht nur hübsche Partnerinnen für eine gepflegte Konversation, sondern auch ein Deckmäntelchen, oder ein Alibi für die angestrebte „Relation allemand-français", einer guten Beziehung mit der Bevölkerung. Vordergründig waren sie aber für die Männer sehr begehrte Tanzpartnerinnen, denn in ihren Kreisen herrschte akuter Frauenmangel. Der französische Nationalfeiertag am 14. Juli, war zum Beispiel so ein wichtiger Tag, wo gefeiert wurde und unverzichtbar dazu gehörte, wie viele diverse andere Anlässe zum Feiern.

Die daraus entstandenen Verbindungen blieben bei vielen Mädchen über die Schulzeit hinaus erhalten und es folgten von beiden Seiten regelmäßig neue Einladungen zu den alljährlichen Festen, und daraus entstanden vielfach dauerhafte Freundschaften. Da spielte sicher nicht nur der Mainzer Karneval eine Rolle, dem sich die Bevölkerung wieder voll hingab, sondern noch mehr die offene, lebensbejahende Art der Menschen in dieser gesegneten Pfälzer Region. Vor Allem hatte man in Punkto Feiern so einiges nachzuholen, weil das Vergnügen in den Kriegsjahren zu kurz gekommen war.

Die Lehrerin hatte außerdem Briefkontakte zu Familien und gleichaltrigen Mädchen in Frankreich vermittelt. Jahrelang pflegte Eleonore eine Brieffreundschaft zu einem gleichaltrigen Mädchen in Paris. Sobald es ihre finanziellen Verhältnisse erlaubten, fuhr sie Anfang der 50er-Jahre mit dem Zug in die französische Hauptstadt, besuchte das Mädchen oder die junge Frau und blieb einige Tage dort. Während des Besuches zeigte ihr die Brieffreundin natürlich die interessante und riesige Metropole Paris, und ließ die wichtigen Sehenswürdigkeiten wie Eifelturm, „Notre Dame" und anderes nicht aus. Das trug natürlich wesentlich dazu bei, dass Eleonore die Sprache immer besser beherrschte, sie zusätzlich pflegte und sich letztlich gut darin unterhalten konnte.

Nach Abschluss der Schule begann sie eine Lehre zur Bürokauffrau, lernte Stenographie und die Schreibmaschine zu beherrschen. Schon vom Elternhaus hatte sie gute Umgangsformen mitbekommen und an Selbstbewusstsein mangelte es ihr von Natur aus nicht. Sie war ein „Tête de Bosch", (frei übersetzt: Ein deutscher Dickkopf), wie später ihr Mann oft schmunzelnd behauptete.

Bei festlichen Veranstaltungen und Treffen im Kreise des französischen Militärs, traf Eleonore eines Tages auch auf Pierre. Sie fand den jungen schnittigen Mann sehr attraktiv, unterhaltsam und klug. Daraus entwickelte sich schnell eine enge Freundschaft und dann mehr. Ihre Liebe begann und sie trafen sich so oft es ging zum Rendezvous. Nach einer angemessenen Kennenlernzeit – man war ja noch in den 50er-Jahren und zudem katholisch – stellte sie ihren Freund und „mon ami" ihren Eltern zu Hause vor. Die waren allerdings über die Wahl ihrer Tochter nicht gerade hell begeistert. Doch sie waren weltoffen genug und tolerierten schließlich die Situation und arrangierten sich damit.

Mitte 1953 wurde geheiratet und dadurch wurde Eleonore auf einen Schlag zugleich Mutter von zwei kleinen Kindern. Das Ehepaar bekam von der Militärverwaltung eine Wohnung zugeteilt und sie bezogen ihr neues Heim.

Beide legten großen Wert darauf, bei den Nachbarn zu verheimlichen, dass Eleonore nicht die leibliche Mutter der 5 und 3 Jahre alten Kinder war. Sie gaben den Jungen und das Mädchen wie selbstverständlich als ihre leiblichen Kinder aus, und so wuchsen sie innerhalb der Familie auch auf. Nach einem Jahr kam das dritte Kind, und nun aus der eigenen ehelichen Verbindung, dazu. Sie gaben der gemeinsamen Tochter den schönen Namen Rahel. Die Familie zählte nun fünf Personen und das Glück schien perfekt. Schick und Mode war es überdies, dass sie überallhin mit dem Auto fahren konnten. Das wurde auch möglich, denn Pierre hatte sich einen gebrauchten Citroen kaufen können. Fortan war die Familie mobil.

Doch das traute Zusammensein wurde schon bald auf eine erste Probe gestellt, denn der Vater und Militär wurde – wie es in ernsten Zeiten in der Armee üblich ist und womit jeder Soldat rechnen muss – versetzt, und diesmal war es nach Algerien. Dieses Kommando war zeitlich nicht absehbar und so nahm Pierre seine Familie nach Afrika mit. Auch in Algerien bekam er eine Wohnung zugeteilt. Die persönlichen Dinge, wie Wäsche, Geschirr und Besteck, sowie wenige Möbel wurden im Container per LKW- und Schiffstransport an den neuen Wohnsitz geliefert. Für mehrere Jahre wurde nunmehr die Küstenstadt Oran – eine Großstadt im Westen Algeriens – die neue Heimat für die Familie. Hier wurden die älteren Kinder eingeschult und sie besuchten eine französische Schule.

Schon in ihrer Kinderzeit träumte Eleonore von Ägypten, was sicher nicht von ungefähr kam. Ich erwähnte schon, ihr Vater verehrte über alles die Pharaonen, wusste viel über das Land, und dessen Geschichte. Da wird sicher öfters in der Familie darüber geredet haben. Bei der Verabschiedung nach Algerien sagte er zu seiner Tochter: „Wenn du in Algerien bist, dann gehst du einfach immer den Strand entlang in östlicher Richtung, dann kommst du irgendwann nach Ägypten." Oft stand sie in den Jahren dann versonnen am Mittelmeerstrand, schaute nach Osten und dachte schmunzelnd an den spaßigen Rat ihres Vaters.

Das Leben im Lande war nicht ungefährlich, denn noch bis ins Jahr 1962 kämpften die Algerier im sogenannten Algerienkrieg verbissen um die Unabhängigkeit von Frankreich. Die FLN – wie sich die algerische Unabhängigkeitsbewegung nannte – verübte zahlreiche terroristische und gewalttätige Guerilla-Überfälle, wobei es immer viele Tote gab. Das Militär bot zwar einen gewissen Schutz und begleitete die Kinder in die Schule, von wo sie auch wieder abgeholt wurden. Ein Restrisiko brachte das Leben im Lande aber trotzdem mit sich. Niemand konnte es ihr verdenken, dass die junge Mutter heilfroh und dankbar war – trotz des privilegierten Lebens – als diese Mission ihres Mannes in Nordafrika 1962 eine Ende fand und er wieder ins sichere Deutschland zurück versetzt wurde.

Erneut folgten die Umstände und das Abenteuer eines Umzugs, jetzt aber in die umgekehrte Richtung, weg aus dem nordafrikanischen Land ins kühlere, doch sichere Deutschland. Bei den Kindern kam erschwerend die Umgewöhnung in ein völlig anderes Schulsystem hinzu.

Über die Jahre hinweg bestand immer eine enge Verbindung zur Verwandtschaft in Sizilien. Sobald es möglich war, fuhr Pierre mit seiner Familie nach Italien, wo die Verwandtschaft aus Tedesca (Deutschland) herzlich willkommen war und man sie stolz überall herumgereichte. Dabei kam wieder Eleonores Sprachbegabung gelegen. Die italienische Sprache ist in vielem mit der französischen Sprache verwandt und nach kurzem hineinhören, konnte sie sich einigermaßen sicher verständigen. Zu dem Familienclan gehörten auch ein Bürgermeister, Rechtsanwälte und andere hochgestellte Persönlichkeiten. Besonders stolz waren sie auf eine angesehene, sehr berühmte französische Schauspielerin aus ihren Reihen, die auch in den 90er-Jahren noch im Fernsehen zu bewundern war.

Erwähnenswert ist überdies, dass viele der gut situierten und vermögenden Familienangehörigen – und gerade die männlichen Mitglieder – steinalt wurden.

Ein schwerreicher Onkel residierte in Südfrankreich und besaß auch in New York ein Appartement. Sogar mit über 90 Jahren reiste er immer noch mit dem Schiff nach Amerika. Zuletzt hatte er ein weiteres Mal – nach 3 oder 4 überlebten Ehen – eine neue Partnerin gefunden, mit der er in den Staaten zusammenzog und die er dort heiraten wollte. Zur Hochzeit kam es dann leider doch nicht mehr; er verstarb kurz zuvor nach einem erfüllten Leben im hohen gesegneten Alter.

3

Leben in Baden-Baden

Nach der Rückkehr aus Algerien nach Deutschland wurde die Stadt Baden-Baden die neue Heimat für Pierre und seiner Familie. Sein neuer Arbeitsplatz war die französische Kommandantur. Der weltweit bekannte Badeort an der Oos, am Rande des Nordschwarzwaldes, war zu dieser Zeit Hauptquartier der französischen Besatzungsstreitkräfte in Deutschland. Die FFA, Forces françaises en Allemagne und operierte von hier aus in ganz Deutschland. Die Militärangehörigen lebten vornehmlich in einem eigenen Stadtviertel, der Cité, in der auch die Offiziersmesse Turenne und andere Freizeiteinrichtungen angesiedelt waren und gut frequentiert wurden. Die Verwaltung residierte im „Le BABO" (Bâtiment Administratif de Baden-Oos), einem 11-stöckiges Hochhaus, das den zahlreichen Mitarbeitern ausreichend Platz bot. Überdies gab es in der Stadt ein Militärhospital. Die Autos der Militärangehörigen führten ein blaues Nummernschild und ein FFA-Zusatzkennzeichen. Damit waren sie auf den Straßen in der Region privilegierte Verkehrsteilnehmer.

Der Familie wurde wieder eine Militärwohnung zugewiesen und das war ihr Zuhause, ihr Heim, bis 1973 Pierre im Alter von 50 Jahren in den gutdotierten Ruhestand verabschiedet wurde. Von diesem Zeitpunkt an arbeitete er noch weitere 15 Jahre als Sachbearbeiter in der französischen Bank der Stadt.

Jetzt stand der Familie aber keine Militärwohnung mehr zu, sie mussten sich in eigener Regie eine geeignete Wohnung suchen und finden. Sehr hilfreich für Pierre waren nun wieder seine persönlichen Beziehungen; Netzwerke würde man das heute nennen. Ohne Mühe fanden sie schon bald ein schönes Zuhause – auch ohne prêter secours und protéger (Hilfe und Schutz) des Militärs. Sie wohnten noch einige Jahre im klimatisch begünstigten Badeort, mit Sitz einer weltberühmten Spielbank, die angeblich schönste der Welt sein soll.

Aber auch da war die Stadt längst weltweit ein Begriff. Namhafte Russen kurten bekanntlich schon im 19. Jahrhundert in der Stadt an dem gemächlich durch die Lichtentaler-Allee fließenden Flüsschen Oos, von wo aus sie auf kurzen Wegen in die Sommerfrische des Nordschwarzwaldes gelangten. Sogar General Charles de Gaulle besuchte als Präsident und französischer Staatschef die Stadt. Außer ihm gingen noch zahlreiche andere, bedeutende Persönlichkeiten hier ein uns aus.

Die Kinder waren zwischenzeitlich älter geworden und waren selbständiger. Jetzt sah die emanzipierte Eleonore die Zeit für gekommen, sie wollte wieder beruflich tätig sein. Da sie eine kaufmännische Ausbildung hatte, perfekt Französisch und Englisch sprach, und sich selbst in Italienisch verständigen konnte, fand sie schnell in einem weltweit agierenden Unternehmen der Beauty-Branche eine gut dotierte Stellung als Fremdsprachenkorrespondentin und, als Madame im mittleren Alter, wurde sie unter den jungen Kolleginnen bald zur Respektsperson. In kurzer Zeit avancierte sie zu Chefsekretärin und zeichnete auch noch für das Personal zuständig.

Die Urlaubstage verbrachten das Ehepaar mit den Kindern standesgemäß an der französischen Mittelmeerküste, wie es sich für patriotische Franzosen gehörte. Sie fanden Gefallen an dem unter Kennern geschätzten Ort „Port la Nouvelle", etwa 30 Kilometer von Perpignan und rund 60 Kilometer von der spanischen Grenze entfernt. Die Stadt ist vorwiegend nur unter den französischen Landsleuten für entspannende Urlaubsaufenthalte bekannt und wurde gerne wegen seines endlos langen, aber sehr weit flach ins Wasser verlaufenden Standstrandes gewählt. Das war gerade für die Familien ideal, die kleine Kinder hatten, denen es ein wahres Paradies wurde. Nicht weit entfernt von diesem Ort ist das über 50'000 Einwohnern zählende alte Narbonne, mit seiner 2000-jährigen Geschichte. Diese Stadt bietet eine Reihe ehrwürdiger Sehenswürdigkeiten. Wer einmal die gewaltige Orgel in der Kathedrale gesehen und gehört hat, wird begeistert sein. Wer dagegen das Vergnügen suchte, der fuhr nach Le Bacarès, die nächst größeren Stadt am Meer und nur wenige Kilometer entfernt. Ferner bietet der Étang de Leucate ou de Salses – ein sehenswerter Flachwassersee und einmaliges Vogelparadies – zum Segeln die besten Bedingungen für Segler und Windsurfer, vor allem, wegen seinen idealen Windverhältnissen. Im Port Leucate wurden täglich frisch gefangener Fisch, Muscheln und Austern angelandet, die von den Fischern direkt an die Restaurants, Poissonneries (Fischläden) und privaten Verbrauchern vermarktet wurden.

Im mediterranen Urlaubsort „Port la Nouvelle" wurden die Biosses schnell heimisch. Anfang der 70er-Jahre konnten sie es sich dann finanziell leisten in einer geplanten Ferienwohnungs-Anlage eine Dreizimmerwohnung zu erwerben. Die Anlage lag nicht nur strandnah, sondern in unmittelbarer Nachbarschaft zu einem idyllischen Binnensee. Und nach der Fertigstellung der Wohnung und dem Einzug ins zweite Heim, hielten sie sich von nun an mehrfach im Jahr manchmal für

Wochen im eigenen Domizil auf. Später kauften sie in einer anderen Anlage noch ein Ein-Zimmer-Appartement dazu. Dieses sollte den erwachsen gewordenen Kindern für Urlaubsaufenthalte zur Verfügung stehen. Zum Leid der Eltern hatten sie aber nie ein sonderliches Interesse daran gezeigt, hier die Urlaubstage zu verbringen. Sie hatten ihre eigenen Interessen. Zu den Wohnungen kauften Pierre nach und nach zur sicheren Unterbringung ihrer Autos und wegen des zusätzlichem Stauraums, drei Garagen die in der in der Nähe lagen hinzu.

Den französischen Landsleuten schien allgemein eine spezielle Eigenheit angeboren zu sein. Pünktlich zum 1. Juli jeden Jahres brachen sie wie die Lemminge auf, fuhren in den Westen an den Atlantik oder in den Süden ans Mittelmeer und dann verbrachten sie einen ganzen Monat am Meer. Da spielte es nur eine untergeordnete Rolle, dass man dabei regelmäßig und jährlich immer wieder neu, stundenlang im Stau verbrachte, das gehörte anscheinend zu Ritual. Dieser Schlange war manchmal bis zu 100 Kilometer lang und länger und reichte meistens von Lyon bis nach Orange oder Marseille. Alles drängte vehement in den Süden oder in den Westen. Ende des Monats wiederholte sich dieses Spiel, nunmehr aber in die andere Richtung. Zur Freude – oder auch nicht – sah man sich spätestens in einem Jahr am gleichen Urlaubsort wieder. So entstanden Freundschaften und dementsprechend groß war jedes Jahr die Vor- und Wiedersehensfreude. Angenehm war für die angesiedelten oder temporär anwesenden Urlaubsgäste im Viertel die Nähe zum Strand. Es entstanden Cliquen und die zogen morgens leger gekleidet zum Wasser; mit Sonnenschirm, Klappstuhl und Getränken ausgerüstet. Auf dem Weg dorthin nahmen sie beim Bäcker gleich noch ein Baguette mit. Am weitläufigen Strand verweilten die Gruppen dann den ganzen Tag und erst abends ging es wieder zurück in die Quartiere. Wem es zwischendurch zu heiß wurde, der schwamm eine Runde im lauwarmen Meerwasser. Die übrige Zeit hat man mit „on beaucoup bavardait et médisait" vertan (frei übersetzt: Es wurde gequatscht und getratscht) und dabei über die Regierung in Paris oder den allzeit schwächelnden France und mehr noch, über die zu hohen Steuern geschimpft. Abends kam man dann wieder irgendwo in der Ferienanlage zusammen, wo gemeinsam gegrillt wurde, gemütlich Vin Rouge, Pastis oder Pernod trank und blieb mindestens bis Mitternacht.

Wen wundert es, dass es Pierre und seine Frau nicht nur einmal im Jahr in den Süden zog; „La dolce vita", würden die Italiener sagen. Für die Töchter und den Sohn waren der Ort am Mittelmeer oder die sehenswerte und abwechslungsreiche Landschaft aber nicht so interessant. Sie fühlten sich weder in diesem Kreise wohl, der „de les vieux" (die Alten) und schon gar nicht dorthin gezogen.

Doch zurück in den Alltag. Das unbeständige Leben, die Wohnortwechsel und damit verbundenen Umstände waren für eine enge familiäre Bindung nicht sehr förderlich. Einfluss mag auch die Erziehung oder Erwartungen des strengen Vaters mit arabisch angehauchtem, patriarchalischem Verständnis, oder die sehr dominante Mutter, darauf gehabt haben? In der Kinderzeit und Jugend waren die Ortswechsel zudem ein Hindernis um feste Freundschaften zu bilden oder sich irgendwo heimisch fühlen zu können. Wer weiß es wirklich? So kam es, später hatten die Töchter und der Sohn nie ein ausgeprägt inniges Verhältnis zu den Eltern – um es nicht ein gestörtes Verhältnis zu nennen – und keine tiefgehende Bindung. So bald wie möglich wurden sie flügge und zogen in die weite Welt hinaus. Da kam ihnen die polyglotte Erziehung zugute. Da sie sind mehrsprachig aufgewachsen waren, beherrschten sie perfekt Französisch und Deutsch, ebenso ein gutes Englisch.

Oben: Kurhaus und unten: Leopoldplatz in Baden-Baden

Ein Beispiel nebenbei mag dies ein wenig verdeutlichen. Die Mutter fuhr mit ihren drei Kindern in der Bahn. Sie unterhielten sich überwiegend auf Deutsch. Wie Halbwüchsige nun mal sind, hielt es sie im Zugabteil nicht auf den Plätzen, und ihre Mutter musste sie ständig ermahnen und schimpfte: „Assois-toi" (setz dich), „bleibe doch endlich auf deinem Platz sitzen", „please sit down". Ein im gleichen Abteil mitfahrender Fahrgast hörte das, wunderte sich, zog die Augenbrauen hoch und wand sich an die Mutter: „Nun sagen sie mir doch bitte einmal, welcher Nationalität gehören sie denn eigentlich an?"

Der Sohn Hugo eiferte dem Vater nach und trat in die Dienste des französischen Militärs ein. Das sicherte ihm später, nach der Entlassung, eine kleine Rente. Dann versuchte er sich als Kneipier im Senegal, in Marokko und zuletzt in Toulouse in Südfrankreich. Erfolgreich war er nirgendwo – oder er lebte auf zu großem Fuß und das gaben seine Einnahmen nicht her. Zwei seiner Ehen gingen dabei in die Brüche; die Scheidung war die Folge. Die Schulden häuften sich zwangsläufig und wer sprang ein? Natürlich der Vater, der sie ihm beglich. Auf diese Weise verbrannte sein Filius zigtausende France, bis es sein Vater leid war, die Nase voll hatte und kein Geld mehr herausrückte. Darauf zog der Sohn zog sich gekränkt zurück und brach die Verbindung ab. Über zehn Jahre herrschte absolute Funkstille. Er ließ sich nicht mehr sehen, nichts von sich hören und die Eltern wussten nicht, wo er lebte und was er überhaupt machte.

Nur zu seiner letzten Frau, der ehemaligen Schwiegertochter, sowie deren Sohn, der auch schon eine Tochter und somit einer Urenkelin der Boisses, entstand nach einigen Jahren Unterbrechung wieder ein regelmäßiger Kontakt. Die einstige Schwiegertochter der Boisses hatte sich beruflich bedingt am Bodensee niedergelassen und bekleidete eine gute Position als

Fremdsprachensekretärin. Sie war in die Weltraum-Projekte der ESA (Europäischen Weltraumorganisation) eingebunden und in Kourou – dem Weltraumbahnhof in Französisch-Guayana (Südamerika) – bei vielen Starts der Ariane-Raketen direkt vor Ort anwesend.

Die Tochter Jaqueline stand ihrem Bruder nicht nach. Schon zwei Ehen waren gescheitert. Sie hatte aber ebenfalls einen guten Job und arbeitete als Krankenpflegerin. Wechselnde Wohnorte in Frankreich und die Probleme in ihren Ehen ließen es nicht zu, irgendwo beruflich dauerhaft zu bleiben und sesshaft zu werden. In der zweiten Hälfte der 90er-Jahre kam sie wieder nach Deutschland, lernte hier einen Mann kennen und sie heiratete ein drittes Mal. Nebenbei machte sie eine Zusatzausbildung als Altenpflegerin. Diesen Beruf begleitete sie, bis sie krankheitsbedingt vorzeitig in den Ruhestand ging. Erst während dieser Lebensphase entstanden wieder Kontakte zu ihren Eltern. Mit ihrem Mann, Kriminal-Hauptkommissar von Beruf, wohnte sie im Raum Köln und arbeitete dort in einem Seniorenheim.

Dann gab es da ja auch noch die gemeinsame Tochter Rahel; die Dritte im Bunde. Noch jugendlich und unreif, ohne jegliche Ausbildung, lernte sie einen Farbigen und Angehöriger der amerikanischen Armee in Heidelberg kennen. Die Beziehung dauerte noch nicht lange, da war die junge Frau schwanger und wurde Mutter eines Sohnes. Sie war weder in der Lage das Kind aufzuziehen, noch es zu versorgen und vom Vater war nicht viel zu erwarten. Was blieb den Großeltern anderes übrig? Sie nahmen das Kleinkind zu sich, kümmerten sich um ihren Enkel Jean Luc und boten ihm Heim und Erziehung. Eines Tages verschwand die Mutter spurlos von der Bildfläche und die Eltern erfuhren erst viele Jahre später, und das auch nur auf Umwegen, dass sie mit ihrem Freund und dem Vater ihres

Kindes nach Amerika gezogen war, wo sie auch klammheimlich irgendwann heirateten. Der Grund für die Rückkehr nach Amerika war, die Einheit des Mannes war zurückverlegt worden. Jetzt lebten beide im Sunshine-State Florida und der unbekannte Schwiegersohn war immer noch beim Militär. Auch dazu wird später noch etwas zu berichten sein.

Da die leibliche Mutter sich nicht um ihren Sohn kümmerte, der aber nicht nur wuchs, sondern auch älter wurde, sollte nach Erreichung des Alters eingeschult werden. Deshalb und aus anderen rechtlichen Gründen war eine praktikable Lösung in der Erziehungsberechtigung zwingend notwendig. Kurzerhand adoptierten Pierre und Eleonore ihren Enkel und waren somit nun schon wieder – oder wieder einmal mehr – mère et père – Mutter und Vater und gleichzeitig grands-parents, die Großeltern für den Jungen. Wie auch immer, rechtlich und offiziell waren sie nun die Erziehungsberechtigten und standen in der Verantwortung für dieses Kind.

4

Neue Heimat in Bühl

Erneut bahnte sich für die Boisses eine Veränderung an. In den Jahren 1977 - 1978 ließ die Wohnbaugesellschaft Neue Heimat Achern in der Bühler Weststadt komfortable, preisgünstige Reihenhäuser bauen. Das Ehepaar benötigte oder wünschte sich wohnlichere Räume, und wollte mehr Platz haben oder etwas Eigenes. Sie konnten es sich schon länger leisten nicht mehr in Miete wohnen zu müssen; Pierre war schließlich Mitarbeiter in einer Bank. Die Neubauten hatten das Interesse des Ehepaares geweckt, die Lage und der Zuschnitt der Wohnungen auf drei Ebenen entsprachen genau ihrem Wunsch. Schnell entschlossen kauften sie eines der mittleren Reihenhäuser und das noch früh genug, um während der Bauphase eigene Wünsche zur Ausstattung in Auftrag zu geben und verwirklichen zu können.

Die Wohnlage in Bühl war für damalige Verhältnisse vorzüglich und eine Einheit kostete nur rund 200'000 Mark. Der Bahnhof war rund 600 Meter entfernt und bis in die Stadtmitte waren etwa einen Kilometer, trotzdem wohnten sie noch im Grünen. Nach der Fertigstellung der Reihenhäuser und ihrem Gebäudeteil zogen sie noch im gleichen Jahr ein und hatten zukünftig sieben Zimmer im Wohnbereich und auf der Rückseite der Gebäude schloss sich eine ausreichende, doch nicht zu allzu große Grünfläche an. Die Garage war ins Haus integriert und von dort aus trockenen Fußes direkt vom Wohnbereich aus zu erreichen.

Nunmehr waren die Boisses Bürger der Zwetschgenstadt Bühl und das sollte auch ihr Altersruhesitz werden. Noch allerdings arbeiteten beide in der Nachbarstadt Baden-Baden. Mit besonderen Umständen war dies nicht verbunden, die Stadt liegt ja nur etwa 12 Kilometer entfernt. Die Fahrtstrecke war mit dem Auto locker in 20 Minuten zu bewältigen und notfalls fuhren auch Busse. Dafür wohnten sie jetzt im eigenen Haus, hatten viel Platz und sie fanden ein angenehmes Umfeld in einer landschaftlich gesegneten Gegend vor, ein überschaubares Städtchen mit badischem Flair.

Wenn der Urlaub kam, starteten sie direkt nach der Arbeit und sie fuhren noch am gleichen Tag schnurstracks in den Süden. Das taten sie manchmal sogar, wenn es für wenige Tage oder nur ein verlängertes Wochenende war. Bloß nicht einen Urlaubstag verschenken, lautete ihre Devise. Für Pierre, den leidenschaftlichen Autofahrer, war die Entfernung von rund 900 Kilometer keine allzu große Herausforderung. Das bewältigte er mit dem Mercedes in einem Rutsch oder nur durch einen Tankstopp unterbrochen. Erst später kamen manchmal lästige Verzögerungen durch mehrere Mautstellen auf der Strecke hinzu.

Die Jahre eilten dahin und 10 Jahre später hatte Pierre endgültig die Altersgrenze erreicht und ging in den Ruhestand. Ab sofort bezog er die zweite Rente. Seine Frau war etwas jünger und noch weiterhin berufstätig. Da war wiederum kein Problem, denn nun versorgte Pierre den Haushalt und kümmerte sich um den heranwachsenden „Enkel-Sohn". Ein leidenschaftlicher Koch war er auch schon immer gewesen, während mit Kochen und Haushalt seine Frau Eleonore sowieso noch nie etwas am Hut gehabt hatte.

Anfang der 90er-Jahre war es dann aber auch bei ihr soweit. Sie hatte ebenfalls die Altersgrenze erreicht und bezog fortan ihre eigene Rente – nein, korrekt eigentlich zwei Renten, denn sie hatte eine ganz kurze Zeit bei den Franzosen gearbeitet. Aus dieser Zeit bekam sie aber auch eine monatliche Rente von 20 Mark überwiesen.

Fortan hatten beide mehr Zeit für sich und die verbrachten sie nun nicht mehr nur Tage und Wochen, sondern monatelang am gewählten Urlaubsort: „Vacances dans la propre maison". Neben der notwendigen – statt geliebten – Arbeit, gehört gutes und ausgiebiges Essen und das „savoir vivre" (verstehen zu leben) zum unverzichtbaren Lebensstil eines Franzosen. Darin ist vermutlich ein kleiner aber sehr entscheidender Unterschied zur deutschen Mentalität zu sehen, denen man nachsagt: „Wir leben um zu arbeiten", die Franzosen stattdessen „arbeiten um zu leben."

Der Vater von Eleonore war vor längerer Zeit schon gestorben und ihre Mutter lebte alleine in Mainz. Im Alter wurde sie gebrechlich und benötige Hilfe und Unterstützung. Zunehmende Demenz machte sich bemerkbar und es war nicht mehr verantwortbar, dass sie weiterhin alleine blieb. Im Haus der Boisses gab es ausreichend Platz und so entschloss sich Eleonore, ihre Mutter nach Bühl zu holen. Das Haus in Mainz wurde später verkauft und neben dem, was auch sonst noch auf den Bankkonten an Erspartem vorhanden war, vermehrte es später das Vermögen der Tochter, der alleinigen Erbin von dieser Seite.

Die Mutter lebte fortan noch eine gewisse Zeit im gleichen Haus mit Tochter und Schwiegersohn zusammen und wurde gut versorgt. Sonderlich glücklich war sie aber nicht, zu sehr vermisste sie ihr geliebtes Mainz und das ihr dort vertraute Umfeld.

Den Sommer darauf wollten Eleonore und Pierre wieder mehrere Monate in „Port la Nouvelle" verbringen. Um die Mutter in dieser Zeit nicht alleine zu lassen, besorgten sie ihr einen temporären Pflegeplatz im Bühler Veronikaheim. Das Haus wurde familiär geführt und dort gefiel es der Mutter wieder erwarten sehr gut. Trotzdem holte man sie nach Ende der längeren Urlaubsabwesenheit wieder zurück in die Familie, auch wenn die altgewordene Dame ihren eigenen Kopf hatte und recht eigenwillig sein konnte. Das war aber nicht das Problem. Dagegen nahmen die körperlichen Beeinträchtigungen infolge der zunehmenden Demenz immer mehr zu, und es kam vor, dass die alte Dame durch Bühl irrte und nicht mehr nach Hause fand. Hinderlich waren überdies die vielen Treppen bis in die oberste Etage im Haus. So blieb am Ende keine andere Wahl, als die Mutter Schwarz, dauerhaft ins Heim und in professionelle Betreuungshände zu geben.

Schnell hatte sie sich dort eingelebt, fühlte sich wohl, wurde gut betreut und starb ein Jahr später im hohen Alter. So oft es möglich war, hatte Eleonore ihre Mutter für Stunden zu sich und in ihr Haus geholt, damit sie in den letzten Lebensmonaten an den Festen oder einfach den Sonntagnachmittag, im Kreise ihrer Familie verbringen konnte. Im Heim wurde sie ebenfalls regelmäßig besucht, so dass niemand den Vorwurf machen konnte, die Angehörigen hätten sich nicht genug um sie gekümmert. Tatsächlich durfte man zu ihrem sanften Tod sagen: „Ein erfülltes Leben ging im behüteten Rahmen unspektakulär zu Ende."

Die Reihenhäuser straßenseitig und rückseitig Idylle im Garten

5

Soziales Engagement

Schon während seiner aktiven Militärzeit engagierte sich Pierre Boisse ehrenamtlich in sozialen Bereichen und setzte sich vorbildlich insbesondere für seine algerischen Landsleute ein. Er gehörte zu den Gründungsmitgliedern von „Afronaaa" (mit drei „a" ist kein Schreibfehler) und in dieser sozialen Einrichtung opferte er viel Zeit und brachte sich engagiert ein. Selbst nach der Entlassung aus dem Militär fand das kein Ende. Bis zu seinem Lebensende wirkte er hier in entscheidender Position mit und war immer für die Hilfsbedürftigen ansprechbar. Später wurde er für seine Verdienste mehrfach mit Orden ausgezeichnet und zuletzt hoch dekoriert.

Afronaaa (Association des Français Rapatriés d'Origine Nordafricaine en Alsace et Allemange) ist ein gemeinnütziger, sozialer Verein mit Sitz in Straßburg und wurde gegründet, um die ehemaligen Angehörigen der französischen Streitkräfte und insbesondere die der Fremdenlegion zu unterstützen. Zu den Hilfsbedürftigen zählen in erster Linie Nordafrikaner, die nach dem Ende der Militärzeit im Elsass oder im Südwesten Deutschlands strandeten. Nicht wenige fielen nach der Entlassung in ein soziales Loch. Sie waren kaum der Sprache mächtig und im Behördendschungel des jeweiligen Staates kannten sie sich nicht aus. Die armen Tröpfe waren völlig hilflos und vielfach sogar ohne jeglichen finanziellen Mittel und auch ohne Krankenversicherung. Frankreich hatte sie vergessen und ihrem Schicksal überlassen. Eine eher schlechte Schulausbildung kam erschwerend hinzu, und mit ihren mangelnden Sprachkenntnissen hatten sie auf dem Arbeitsmarkt so gut wie keine Chancen.

Andere waren aus den Tagen ihrer Militärzeit, verbunden mit oft menschenverachtenden und brutalen Einsätzen, den wahrgenommenen unbeschreiblichen Grausamkeiten, an denen sie selber beteiligt waren oder die sie mit ansehen mussten, und nicht zuletzt häufiger Demütigungen durch Vorgesetzte ausgesetzt, sehr stark traumatisiert. Die Betroffenen hätten dringend psychologischer Hilfe bedurft, die sie nicht bekommen haben. Die Dienstzeit war vorbei, „bon jour" und „merci beaucoup", das war's, und sie standen vor dem Kasernentor und damit im Grunde vor dem nichts. Plötzlich waren sie ihrem vertrauten Bereich entrissen, hatten kein Dach mehr über dem Kopf, den sozialen Kontakten zu den Kameraden und allen notwendigen und sozialen Bindungen und Einrichtungen beraubt, die das Militär bietet. Diesen bedauernswerten Menschen, samt ihren Angehörigen, galt die Fürsorge des Vereins und dafür standen tatsächlich beträchtliche staatliche Mittel zur Verfügung. Die mussten jedoch verwaltet und gerecht eingesetzt werden. Hier brachte sich Pierre ein und er war – als Algerier – für die Nordafrikaner ein kompetenter und akzeptierter Ansprechpartner. Dazu spielte noch ein nicht unwesentlicher Vorteil hinein; er kannte seine Landsleute – seine Pappenheimer – zu gut, da konnte ihm keiner ein X für ein U vormachen. Neben seinen militärischen Verdiensten – speziell in der Spionageabwehr gegen die DDR – wurde er für sein soziales Engagement im Jahr 1985 mit dem Orden „Chevalier de la Légion d'Honneur" ausgezeichnet, und 1996 erhielt er den

Verdienstorden „Officier de l'Ordre National du Mérite". Bei der Übergabe dieser hohen Auszeichnung stand das Regiment salutierend parat. Mit einer Spur Ironie sagte ich ihm: „Diese hohen Auszeichnung hättest du schon während deiner aktiven Militärlaufbahn bekommen sollen, da hätten sie dir viel mehr Ehre und Reputation eingebracht." Aber auch im fortgeschrittenen Alter war er noch mächtig stolz auf die „Dekoration".

Noch residierten in diesen Tagen das französische Militär in Rastatt, Baden-Baden und Bühl, und auch den ehemaligen Militärangehörigen standen die Türen der Offiziersmessen noch offen, ebenso das „Economat" in Bühl, ein Supermarkt mit einem speziell französischem Warenangebot. Sehr beliebt war das Baguette, das in der französischen Brotfabrik in Bühl hergestellt wurde. Diese Einrichtung belieferte täglich alle französischen Standorte in Deutschland mit frischem Brot. Damals gehörte es für die französischen Mitbürger schon fast zum guten Ton, im „Economat", neben den beliebten Brotstangen, alles was man für den täglichen Bedarf und zum Leben brauchte, in diesem französischen Refugium einzukaufen und natürlich nebenbei mit den Landsleuten zu parlieren.

In der Offiziersmesse wirkten von der französischen Schule exzellente geprägt Köche. Entsprechend exquisit waren die dargebotenen Gerichte. Waren meine Frau und ich, von unserem Freund dort zum Essen eingeladen, war das für uns nicht nur eine Ehre, das war ein kulinarisches Fest. Und natürlich waren die Ehrungen und Geburtstage oder gleichrangigen Feste für ihn stets ein willkommener Anlass, uns in diese Lokalität zum Essen einzuladen. Dabei war Pierre stets sehr stolz, wenn er seine engen und engsten Freunde um sich geschart wusste.

Höhepunkt seiner Kariere wurde dann der 18. Juni 2005, als ihm die höchste Auszeichnung mit dem „D'Officier dans L'ordre national de la Legíon d'honneur" – Offizier der Ehrenlegion im Namen des Präsidenten der französischen Republik überreicht wurde. Den Orden bekam er im Rahmen eines feierlichen Festaktes durch Général de Corps d'Armée Malbec, (Militär-Gouverneur von Metz), begleitet von Le Géneral de Division, Pernel, Le Lieutentant-colonel Michel und Général Dussussi, sowie dem Präsidenten des Afronaaa, Monsieur Hocine Bouares. Die Zeremonie der Übergabe fand in der Cercle Saint Martin-Kaserne in Donaueschingen statt.

Das aufwendige Brimborium verlief im militärischen Rahmen und mit ausgefeilter Dramaturgie ab, wie sie nur eine Armee mit Traditionsbewusstsein inszenieren kann. Das feierliche Ereignis wurde akzentuiert militärisch und zackig zelebriert. Außer den ausgewählten Ehrengästen, zu denen seine Tochter Jaqueline und ihr Mann, sowie meine Frau und ich zählten, wurden die weiteren Gäste mit dem Bus von Straßburg von der Abfahrtsstelle in der Kaserne der Légion étrangère de Strasbourg nach Donaueschingen gefahren.

In Donaueschingen war innerhalb des Kasernengeländes extra ein Festzelt aufgebaut, das an diesem sehr brutal heißen Tag Schatten bot. Im vor der Sonne schützenden Zelt, wurden den Gästen die Essen und Getränke serviert. Wir waren allerdings relativ früh vor Ort und hatten richtig Durst. Bei der sommerlichen Hitze brannte uns die regelrecht die Kehle. Da rächte sich, dass niemand von uns daran gedacht hatte, für unterwegs Getränke mitzunehmen. Während der Fahrt gab es auch keine Pause und auch der Busfahrer bot nichts an. Doch von Seiten der Veranstalter gab es kein Einsehen. „Ein Militär kennt halt keinen Schmerz", dachte man anscheinend. Noch durften die Getränke nicht ausgegeben werden. Zwar stand schon genügend im Sichtbereich bereit, was den Durst noch verstärkte oder verschlimmerte, doch kein Tropfen durfte ausgeschenkt und dargeboten werden, bevor nicht der General das Buffet offiziell eröffnet hatte, und er als Erster ein kühles Bier trank.

Ein Dutzend junge Soldaten der Brigade waren zur Bedienung der Gäste mit Getränken und der Essensausgabe abkommandiert. Was übrig blieb, durften sie für sich verwenden. Und wie wir amüsiert feststellten, wurden nicht wenige Flaschen Rotwein geöffnet und gleich wieder abgeräumt. Wir haben es wohl gesehen aber ihnen gegönnt, denn wegen dieser Feier mussten sie vermutlich an diesem Samstag ihre Freizeit opfern und stattdessen niedrigen Dienst tun.

Zur Übergabe der Auszeichnungen wurden mehrere Generäle eigens mit einem Hubschrauber eingeflogen. In strammer Haltung und im Ablauf einer geübt-gekonnten Dramaturgie wurde dabei auch Pierre der bedeutende Orden an die Brust geheftet. Dabei dachte ich unwillkürlich: „Das muss man den Franzosen lassen, solche Ereignisse wissen sie mit Stil und Pomp in einmaliger Weise zu zelebrieren. Die Generäle standen in schmucker Paradeuniformen, und in militärischer Haltung stramm, dabei boten sie fotogene Motive; die Szenerie hatte wirklich etwas Nachhaltig-Eindrückliches an sich.

Wieder zu Hause, erhielten die Bühler Zeitungen, von mir zu diesem wichtigen Ereignis – und Ehrung eines Bühler Bürgers – einen ausführlichen Pressebericht mit einem Bild. Beide Zeitungen berichteten in der regionalen Ausgabe kurz darauf jeweils mit einer halben Seite und mit Bild von diesem denkwürdigen Ereignis. Nun erst wurde der Oberbürgermeister darauf aufmerksam. Er kam sofort, besuchte persönlich den Geehrten und gratulierte ihm im Namen der Stadt Bühl und des Stadtrates. Dabei entschuldigte er sich, weil er von der Ehrung keine Kenntnis gehabt hatte. Nun ja, die Überreichung eines Bundesverdienstkreuzes der Bundesrepublik Deutschland wird im Bundesgesetzblatt veröffentlicht, und das ist in Frankreich nicht anders. Zuvor wurde ein „Décret du 25 avril 2005 portant promotion et nomination" veröffentlich, wo unter Position 5 bei „Au grade d'officier", „Membre fondateur et administrateur régional de l'Association des Français rapatriés d'origine nord-africaine en Allemagne et en Alsace", der Geehrte namentlich genannt worden ist, und auch die Gründe, die zu dieser Ehrung Anlass gaben. Wer aber liest in Bühl schon das französische Gesetzblatt?

Selbstverständlich hat Pierre sofort und mit Stolz Kopien der Zeitungsberichte an die Generäle, an die verantwortlichen Mitglieder des Afronaaa und alle seine Freunde verschickt. Mindestens fünfzehn große Couverts hat er zur Post getragen.

Seit ihrer Baden-Badener Zeit, waren Pierre und Eleonore Mitglieder im Deutsch-Französischen Club und sie nahmen, wenn sie nicht gerade im Urlaub in Südfrankreich weilten, an sämtlichen Sitzungen und Veranstaltungen des Vereins teil. Das war ihnen sehr wichtig. Zu den üblichen Feiern gehörte das jährliche Treffen am „Drei Königstag", immer der Offiziersmesse Turenne in Baden-Baden. Zum humorvollen und spektakulären Ablauf gehörte die per Glückslos gewählte Bestimmung des Königs, das war die Person, die in ihrem Kuchenstück eine eingebackene Figur vorfand.

Nachdem das französische Militär abgezogen war, wählte die Vorstandschaft des Clubs ersatzweise andere Versammlungsorte in Bühler Lokalitäten. Jährlich wurden Ausflüge organisiert, es wurde zu exquisiten Weinproben eingeladen oder Buchlesungen organisiert und mehr. Anlässlich von Gedenktagen wurde eine Abordnung zur Ehrung gefallener französischer Soldaten abgestellt und am Denkmal einen Kranz niedergelegt. Bei solchen Veranstaltungen war Pierre im Kreis der Organisatoren immer in vorderster Reihe dabei.

Oben: Überreichung der Orden Unten: Hammel am Spieß

Schon während der aktiven Dienstzeit hatte Pierre regelmäßig an organisierten Wanderungen teilgenommen, bei denen Franzosen und mit Deutschen rund um Baden-Baden zusammen wanderten. Eine Herausforderung wurde für viele die Marathonstrecke. Für die aktiven Militärs wurde das zum unausgesprochen, - ein Muss, die gesamten etwas über 40 Kilometer würdig durchzustehen. Noch wichtiger waren für das Militär die jährlichen Feiern an hohen Feiertagen. So etwas ließ es sich Pierre, auch in der Rolle als Pensionär, und so lange er lebte und noch aufrecht gehen konnte, nie entgehen. Dabei war es ihm sehr wichtig, seine engsten Freunde an seiner Seite dabei zu wissen. Ein hoher oder gar der höchste Feiertag war natürlich der 14. Juli, der französische Nationalfeiertag. Nicht weniger wichtig war ihm ferner das traditionelle Gedenken an die Schlacht von Cameron – die französische Intervention in Mexiko – dem jeweils am 30. April gedacht wurde. Die aktiven und ehemaligen Angehörigen der Fremdenlegion trafen sich, nebst geladenen Gästen an Gedenkplätzen und legten Kränze nieder. Die Zeitungen berichteten natürlich über diese bedeutenden Ereignisse, in Würdigung der deutsch-französischen Freundschaft.

Mehrfach im Jahr trafen sich sowohl die Mitglieder wie die Begünstigten des Afronaaa im Elsass, unter anderem zum „L'Aïd el-Kébir" – bonne fête – ein traditionelles Fest der Araber und sollte wohl, mit Beteiligung des französischen Militärs, für die arabischstämmigen ehemaligen und aktiven Soldaten gedacht sein. Nachdem nur noch an wenigen Standorten, so in Donaueschingen und Breisach französisches Militär in Deutschland residierte, fanden die Treffen in einer Kaserne südlich von Straßburg statt. Und der Bedeutung angemessen, nahm jeweils die amtierende Oberbürgermeisterin oder der Oberbürgermeister von Straßburg daran teil und hielten die

Begrüßungsansprache. Stets waren junge Soldaten abgeordnet um die große Zahl an Gästen zu bedienen. Zur Spezialität wurden jeweils die gegrillten Hammel, die nach Stunden zum kulinarischen Genuss wurden. Mindestens fünf Hammel drehten sich stundenlang am Spieß. Nach dem Amuse-Gueule und Innereien am Spießen mit frischem Baguette, wurden die vollen Platten mit gegrilltem Fleisch auf die Tische getragen und den Gästen bis zum Abwinken serviert. Das Fleisch war köstlich zart, es zerging quasi auf der Zunge. Selbstverständlich wurde das Buffet vom hochrangigen Offizier eröffnet und er bekam als Erster das Fleisch serviert. Als Beilagen gab es Couscous, das nordafrikanische Nationalgericht, und zum Trinken neben Wasser und Bier natürlich Vin Rouge ohne Limit.

Bei den Festen waren die, um die sich Afronaaa in erster Linie kümmerte, die eingeladen Gäste, und wir konnte heimlich schmunzelnd zusehen und registrieren, wie sich die „armen Tröpfe" einmal richtig satt aßen. Sie prosteten sich fröhlich und ausgelassen zu: „à votre santé" und ließen sich mit viel Vin Rouge regelrecht „volllaufen". Höhepunkt solcher Treffen wurde, außer dem opulenten Hammelessen mit Couscous, der spektakuläre Auftritt einer Bauchtänzerin. Jedes Jahr trat zwar immer die gleiche Dame auf. Doch egal, sie sah hübsch aus und führte ihre Kunst perfekt vor. Die Männer waren jedenfalls schnell hin und weg, sichtbar fasziniert, hatten glänzende Augen und bald jeder tanzte für sich alleine kräftig mit, zum Schluss sogar Einzelne auf den Tischen.

Bei diesen Anlässen wurde die deutsch-französische Freundschaft par excellence praktiziert. Nicht wenige Ehepaare der Gäste lebten in binational-gemischten Ehen; ein Partner oder die Partnerin waren Franzose und der andere Teil Deutscher oder umgekehrt. Einige reisten von weit her aus Deutschland an, andere lebten im Elsass oder dem übrigen

Frankreich. Somit fand ich meistens Gesprächspartner/innen mit denen ich mich auf Deutsch unterhalten konnte und es gab keine Verständigungsschwierigkeiten. Trotzdem belegte ich zwischendurch einen Französischkurs, um mich zumindest in die Sprache hineinzuhören und die gelesenen Worte einigermaßen richtig aussprechen zu können. Zu viel mehr wie: „Je m'apelle", (ich heiße...), „Je viens de Bühl" (ich komme aus Bühl) und „bonjour" oder „au revoir", (guten Tag und auf Wiedersehen), „à bientôt" (bis dann), reichte es auf die Dauer nicht, aber ein paar Brocken in der Sprache des anderen macht sich immer gut. Übrigens war es die erste Grundregel, die mir Eleonore beibrachte war: Bei jeder Begrüßung gehört immer der Zusatz: madame oder monsieur, also bonjour madame, au revoir monsieur.

Im Verlauf der Jahre sah ich bei diesen Begegnungen stets wieder die gleichen Gesichter, so dass man sich schließlich schon kannte und persönlich vertrauter war. Da gab es Neuigkeiten auszutauschen und auf aktuelle Ereignisse einzugehen oder sich einfach nur über die eigenen Hobbys zu unterhalten oder derer der anderen zu reden. Eventuell noch vorhandene Hemmschwellen und Ressentiments waren längst abgebaut. Den einen oder anderen „Joli garçon" sahen wir natürlich auch regelmäßig wieder, amüsierten uns, wir kannten ihn und das hatte den Vorteil, solchen nach deren entsprechendem überhöhtem Alkoholgenuss dann möglichst frühzeitig aus dem Weg zu gehen und auszuweichen bevor sie uns ein Ohr abquatschten.

Ort für L'Aïd el-Kébir- fête und die zauberhafte Bauchtänzerin

6

Ein neuer Zeitabschnitt beginnt

Wenden wir uns doch wieder den Anfängen der Boisses in Bühl zu. Die Töchter und der Sohn wohnten längst irgendwo in der weiten Welt verstreut. Sie meldeten sich bei den Eltern nur – so bitter das klingen mag – immer nur sporadisch und vor allem dann, wenn sie Geld brauchten. Doch der als Sohn adoptierte Enkel war ihnen noch geblieben und kam mit 6 Jahren in die Schule, später wechselte er auf das Gymnasium und schaffte mit Ach und Krach das Abitur. Der konservative Vater und die resolute Mutter hatten mehr Mühe und Sorgen mit dem Burschen, wie ihnen lieb war. „Ihr seid zu alt und versteht die heutige Welt nicht mehr", motzte der immerzu aufmüpfig und ungeschminkt aufbegehrend. Trotzdem taten sie alles für ihn, und er hatte durchaus auch seine Talente, die sie nicht wirklich fördern wollten.

Eines dieser Talente lebte er beim Graffiti sprühen aus. Mit seiner Clique vier Gleichgesinnter, besprühten sie in Bühl „zwischen Dunkel und siehst mich nicht" mehrere Hauswände und mit noch größerem Eifer Eisenbahnwaggons der Deutschen Bundesbahn. Die sahen das natürlich weniger gern und erstatteten jeweils Anzeige, und eines Tages wurden alle vier erwischt. Die staatlichen Organe brachten die Ertappten vor das Gericht, sie wurden angeklagt, ordentlich bestraft und zu einer satten Schadenersatzsumme verurteilt. Alleine die Deutsche Bahn machte mehr über 10'000 Mark geltend und etwa die gleiche Summe kamen als Strafe und Gerichtskosten obendrauf. Es gab einen gesamtschuldnerischen Titel, und da bei den anderen nichts zu holen war, musste Pierre nicht nur für seinen Filius, sondern für alle Beteiligten die volle Summe berappen. Von Einsicht war aber keine Spur. „Das ist Kunst und die fährt durch ganz Deutschland", gab sich Jean Luc halsstarrig. Von Achtung vor anderer Leute ihrem Eigentum hielt der missratene Bengel offenbar wenig und das wurde mit zunehmendem Alter nicht besser. Die Graffitis waren nur Teil der vielen Eskapaden während seiner Schul- und Jugendzeit. Für den Erziehungsberechtigten geradlinigen Militär mit sizilianisch-nordafrikanischen Wurzeln war das schwer erträglich. Öfters gab es massive Auseinandersetzungen. Doch was konnte, was sollte Pierre dagegen tun? Zu dieser Zeit war der Filius noch nicht volljährig und er war für ihn verantwortlich.

Nach bestandenem Abitur drängte es den Enkelsohn nach Straßburg zum Wirtschaftsstudium. Die Voraussetzungen konnten nicht besser sein. Er sprach perfekt Deutsch und Französisch und im Studium kam Spanisch als dritte Fremdsprache dazu. Da war der Weg ins Management eines weltweit agierenden Unternehmens so gut wie vorprogrammiert. Der Großvater hatte nichts dagegen, im Gegenteil, er förderte den Plan, und mit seinen Verbindungen zu wichtigen Leuten und Institution in der elsässischen Stadt, bereitete er ihm den Weg so gut es ging vor. Die Immatrikulation folgte, zudem besorgte er ihm eine Wohnung und überwies monatlich Geld für den Lebensunterhalt, damit der Student sorglos und auskömmlich existieren konnte. Nur in den Semesterferien und zwischendurch an Wochenenden sah man ihn in Bühl, und selbstverständlich immer dann, wenn er Wünsche hatte, einen Computer oder andere Dinge brauchte.

Bei aller Nachsicht und trotz großen Schwierigkeiten im Zusammenleben war zu spüren, dass Pierre und Eleonore an ihrem Enkel gutmachen wollten, was sie bei den älteren Kindern versäumt hatten und was damals schief gelaufen war. Sie ließen vieles durchgehen, was bei den eigenen Kindern von Pierre und der gemeinsamen Tochter noch undenkbar gewesen wäre. Natürlich hatte das teils auch mit den geänderten Zeitverhältnissen und einer anderer Sichtweise auf die Dinge zu tun; die Prügelstrafe war ja schließlich auch längst passé.

Doch ein großer Ansporn zum fleißigen Studium war das Protegé des Ziehvaters und Großvaters nicht. Bei seinen Besuchen zu Hause erzählte er „im Himmel ist Jahrmarkt" und die gutgläubigen Eltern nahmen es ihm gerne ab, ja sie waren stolz auf ihn. Das ging vier Jahre gut, bis es keine Ausreden mehr gab, warum der Abschluss immer noch nicht gemacht war. Misstrauisch geworden begann Pierre zu recherchieren und stellte fest, dass sein Jean Luc nur „Wirtschaft" studiert hatte, „den lieben Gott einen guten Mann hatte sein lassen" und auf Kosten seines Vaters und Großvaters das Nichtstun pflegte. Kurzum, das Spiel flog auf und Pierre hatte jetzt die Nase gestrichen voll. Voller Zorn warf er ihn kurzerhand aus dem Haus und lehnte konsequent so lange er lebte, jeglichen Kontakt zu ihm ab. Natürlich gab es ab sofort Geld auch kein Geld mehr.

Sein „Enkelsohn" wohnte fortan in der Nachbarstadt Achern und ging mal hier mal da unregelmäßig irgendwelchen Aushilfstätigkeiten nach, schaffte aber immer nur so viel, dass das Geld zum Leben reichte. Eines Tages tat er sich mit einer jungen Frau in einem Bühler Stadtteil zusammen. Sie bekam ein Kind von ihm, es war ein Mädchen. Klüger wurde Jean Luc als junger Vater deshalb immer noch nicht. Mal arbeitete er, aber überwiegend tat er aber nichts, machte Schulden und geriet auf die schiefe Bahn. Die Mutter seiner Tochter löste schließlich genervt die Verbindung, kehrte zu den Eltern zurück und zog lieber das Kind alleine groß; möglicherweise auch Hilfe mit ihrer Eltern.

Von all dem erfuhren die Biosses auf Umwegen erst Jahre später. Das Mädchen wird inzwischen schon 4 oder 5 Jahre alt gewesen sein. Sie nahmen mit der jungen Frau telefonischen Kontakt auf, die anfangs allerdings überhaupt nichts von ihnen wissen wollte. Doch gerade Eleonore war hartnäckig und nach weiteren Versuchen ließ die junge Frau sich dann doch zu einem Besuch überreden, kam zwei oder dreimal mit dem Kind zu ihnen, und so lernten die Urgroßeltern das hübsche, kluge Mädchen auch kennen. Ein Schaden war es für die Mutter und deren kleine Tochter keineswegs. Selbstverständlich ließen sie ihr eine Geldsumme zukommen. Die finanzielle Seite sollte Jahre später auch sonst noch eine gewisse Rolle spielen.

7

Besuch in Amerika mit Folgen

Rahel, die gemeinsame Tochter des Ehepaares wohnte seit Jahren mit ihrem Mann im Sunshine-State Florida in den USA. Noch immer war ihr Mann Berufssoldat, diente in der US-Army und dies blieb er bis zu seiner Pensionierung. Die Gespräche und Kontakte mit den Eltern von Rahel waren bisher eher spärlich und beschränkten sich auf wenige Telefonate im Jahr aber gelegentlich kamen doch mal Briefe in Bühl an. In den 90er-Jahre des letzten Jahrhunderts gab es noch weder Skype noch WhatsApp. Trotzdem hatten sich die Beziehung nach Jahren wieder einigermaßen stabilisiert, normalisiert und man kommunizierte wenigstens miteinander.

Die Boisses waren inzwischen beide im Ruhestand und jetzt planten sie sogar, ihre Tochter einmal in Amerika zu besuchen.

Trotz den Differenzen und Spannungen innerhalb der Familie, was sicher einerseits der Abstammung, andererseits den unsteten Lebensumständen geschuldet war, verstand es die Mutter immer wieder alle Hürden zu überwinden und neu die Kommunikation mit den Kindern wieder anzustoßen, selbst wenn Jahre der Sprachlosigkeit dazwischen lagen. Diese bemerkenswerte Gabe durfte man sicher dem Mainzer Naturell, dem Einfluss der Kurpfälzer Lockerheit und der Toleranz zurechnen. Das half auch nach Jahr und Tag, wieder miteinander in Gespräch zu kommen, wenn es anfangs auch nur auf telefonischem Wege war. Egal was war und welche Brücken der strenge Vater niedergerissen hatte, sie hatte es stets verstanden die Vergangenheit, wenn schon nicht in Vergessenheit, dann wenigstens in den Hintergrund geraten zu lassen. Ein weiterer Anlass wieder miteinander in Verbindung zu treten war außerdem stets dann gegeben, wenn eines der Angehörigen in Geldnöten war, dann wussten sie die Eltern zu erreichen, und die waren dann wieder als Lückenbüßer recht und gut. Murrend ließen sie sich überreden und sie ließen alle Fünfe gerade sein, gaben wieder Geld her; man konnte es sich ja leisten.

Inzwischen hatte die Tochter sie schon mehrfach zum Besuch in die USA eingeladen. Die Eltern planten tatsächlich die Reise zu machen, gingen in ein Reisebüro und buchten den Flug. Die Mitarbeiterin empfahl ihnen nebenbei, oder drängte eigentlich dazu, eine zusätzliche Krankenversicherung abzuschließen. Sie meinte, „für die USA sei das dringend geboten; man weiß ja nie." Die Prämie für eine solche Versicherung kostete nur wenig extra. Trotzdem bedurfte es einer gewissen Überzeugungskunst, damit Pierre dieser Leistung zustimmte und buchte – und damit waren sie gut beraten.

Der Tag der Abreise kam und der Flug von Frankfurt nach Orlando dauerte 9 lange Stunden. Geplant hatten sie drei Wochen bei der Tochter zu bleiben und auch mit dem nicht sonderlich geliebten Schwiegersohn die Tage dort zu verbringen. Warum das so war, verwunderte etwas, denn er war in der US-Army, wie einst sein Schwiegervater auch. Da sollte man meinen, dass da eine gewisse Seelenverwandtschaft vorhanden sein müsste. Die diffuse Antipathie hing vielleicht unbewusst damit zusammen, dass der Mann ihnen die Tochter noch viel zu jung und heimlich weggenommen hatte, und dass sie später geheiratet hatten, ohne die Eltern zu fragen oder zumindest über das Vorhaben zu informieren. Vielleicht lag es daran, dass der Mann kein Franzose war? Seine dunkle Hautfarbe konnte es jedenfalls nicht sein, denn für einen Algerier war ein farbiger Hauttyp naturgemäß kein negativ besetztes Thema.

Doch das war jetzt erstmal Nebensache. Sie waren dort, unternahmen gemeinsame Ausflüge und besuchten einige Sehenswürdigkeiten. Auch sonst versuchte die Tochter den Aufenthalt den Eltern so angenehm wie möglich zu gestalten. Die Eltern gaben sich auch nicht knauserig und übernahmen weitgehend alle Kosten und Ausgaben. Man hatte es ja, es war nicht so wie bei armen Leuten.

Nebenbei ist gerade Eleonore beim Aufenthalt in Amerika ein Phänomen sehr negativ aufgefallen und sie war darüber geradezu schockiert: „Wo ich hinkam, sah ich viele extrem fettleibige Menschen. Ich habe noch nie so viele, so entsetzlich dicke Menschen gesehen, wie in diesem Land", berichtete sie später immer noch konsterniert.

Solche Erscheinungen sollten Jahre später aber auch in Deutschland ein alltäglicher Anblick werden. „Mac Würg" hatte inzwischen Europa längst erobert und die Kinder und Jugendlichen als Konsumenten fest im Griff. Das Wundergetränk Coca Cola trug auch noch seinen negativen Teil dazu bei, mit verheerenden Folgen für die Gesundheit Zigtausender. Selbst da, wo man bisher wie „Gott in Frankreich" speiste, ist in vielen Bereichen die Esskultur längst den Bach runter gegangen und hat dem Trend „Fast Food" weichen müssen.

War es dann der lange Flug, die mit dem fremden Land verbundene Luftveränderung oder die hohen Temperaturen und die Luftfeuchtigkeit in den südlichen Staaten oder die Anstrengungen der täglichen Unternehmungen? Die Ursache wird sich nicht mehr feststellen lassen. Jedenfalls bekam Pierre gesundheitliche Probleme und erlitt schließlich einen leichten Herzinfarkt.

Mit dem Emergency Medical Service und Paramedics wurde er in das West Florida Hospital in Pensacola eingeliefert. Für die Beteiligten wurde es zum puren Stress und traumatischen Ereignis, zu einer Odyssee in dramatischen Stunden. Die Aufnahme und Einleitung des sofortigen lebenswichtigen Beginns einer Intensiv-Behandlung über die Erste-Hilfe-Maßnahmen hinausgehend, erfolgten erst, nachdem die Tochter schriftlich gebürgt hatte und zusätzlich dann von der Zusatz-Versicherung eine Fax-Bestätigung zur vollen Kostenübernahme vorlag.

Immer noch schockiert und entrüstet über das menschenverachtende Gesundheitssystem in Amerika und solch eine unmögliche Behandlung, erzählte uns Eleonore zu Hause: „Sie hätten meinen Mann tatsächlich auf dem Parkplatz sterben lassen, wenn nicht die Tochter für uns eingesprungen wäre."

Nach fünf Tagen war Pierre stabilisiert und konnte das Hospital verlassen. So schnell wie möglich sind sie dann nach Hause geflogen. Das unvorhergesehene und traumatische Ereignis hatte sie hinterher den Entschluss fassen lassen, keinen weiteren Besuch mehr in Amerika zu machen und Pierre entschied, in seinem Leben nie mehr ein Flugzeug zu besteigen.

Wochen später bekamen sie von der Zusatzversicherung einen Nachweis der erstatteten Kosten. Insgesamt wurden über 30'000 Dollar überwiesen. Welches Glück, dass sie eine Versicherung abgeschlossen hatten, wenngleich die Summe Pierre nicht arm gemacht hätte, aber ärgerlich wäre die unverhältnismäßig hohe Ausgabe schon gewesen.

Die Tochter in Amerika wollte offensichtlich die Gunst der Stunde und Gelegenheit beim Schopfe packen. Sie hatte schließlich in der Not für den Vater gebürgt. „Da muss doch auch für mich etwas abspringen", mag sie gedacht haben.

Ringsum hatten ihre Nachbarn großzügige Grundstücke mit Swimmingpool. Solch einen Swimmingpool wollte nun Rahel auch gerne haben. Sie telefonierte mit den Eltern und erbat dafür eine Summe von 50'000 Dollar an sie zu überweisen, damit sie den Wunsch verwirklichen konnte. Das lehnte Pierre entrüstet und entschieden ab und seine Frau war mit ihm völlig einer Meinung. „Wenn unsere Tochter in Not gewesen wäre, dann hätte sie das Geld selbstverständlich bekommen, aber für einen Swimmingpool, nein, dafür auf keinen Fall." Die Tochter war stinksauer, das Streitgespräch eskalierte, und wie immer in solchen Fällen, herrschte wiederum jahrelanges Schweigen und Sprachlosigkeit.

Zur gleichen Zeit hat sich auch ihr Sohn Hugo aus Toulouse wieder einmal gemeldet. Längst war seine zweite Ehe geschieden und seine letzte Frau inzwischen an den Bodensee gezogen. Der Sohn betrieb eine gewisse Zeit in Toulouse eine Kneipe und war nun wieder einmal Pleite gegangen. Da erinnerte er sich an seinen Vater und bat darum, seine Schulden von 70'000 France zu übernehmen. Da es nicht das erste Mal passierte, war Pierre dieses Mal nicht mehr Willens, für die Schulden seines beruflich erfolglosen Sohnes aufzukommen. Vehement lehnte er ab. „Sind wir denn für unsere Kinder nur gut genug, wenn sie Geld brauchen und wenn sie in der Misere sind?", schimpften beide Eltern mehr enttäuscht wie empört auf.

Infolge dessen war auch zum Sohn wieder einmal das Verhältnis massiv gestört und lange Zeit hörten die Eltern nichts mehr von ihm. Sie wussten nicht wie es ihm geht, wussten nicht wo er ist und was er treibt, bis sie auf Umwegen in Erfahrung brachten, dass er inzwischen in Thailand lebte.

Mit Umwegen meine ich, dass von einem der Enkelkinder irgendwann ein entsprechender Hinweis kam, denn die Geschwister und deren Nachkommen pflegten untereinander natürlich eher Kontakte. Mit diesem Wissen hätte man böswillig vermuten können, sie schmiedeten bewusst einen Komplott gegen ihre Eltern.

Zumindest auf dem Wege über die Enkelkinder erfuhren sie nun, wenn wieder einmal ein weniger gespanntes Verhältnis herrschte, was Sohn oder Tochter gerade so tun, wo sie sind und wie es ihnen geht. Das Netzwerk untereinander funktionierte also zumindest noch einigermaßen zuverlässig. Besonders Jaqueline und Hugo als leibliche Geschwister von Pierre redeten immer miteinander und sie hatte ja auch schon Kinder. Auf diese Weise konnte die Mutter wieder in ihrer versöhnlichen Art, und mit einer gewissen Hartnäckigkeit ihren Einfluss geltend machen und ein wenig die Türen aufstoßen.

Wer aus der Distanz diese Familie genauer betrachtete, sah ein Spiegelbild der leider heute vorherrschenden, gesellschaftlichen Verhältnisse. Die Familien zerfallen, die Alten sind alleine und oft vereinsamen sie und werden ohne – nur weil sie sich selber nicht mehr optimal versorgen können – in ein Seniorenheim abgeschoben. Alles ist auf Kalkül ausgerichtet und „was mir nützt, das pflege ich und wenn es meine eigenen Interessen nicht befriedigt, dann wende ich mich ab und Anderem zu."

Würde die Welt mehr mit Herz und Gefühl regiert und nicht mit Eigensucht und Egoismus, sähe es in vielen Teilen der westlichen Welt ganz anders aus. Aber das ist eine andere Geschichte, die spätere Generationen noch zu lernen haben.

8

Angenehme Nachbarschaft

Mitte der 80er-Jahre kam ich mit meiner Familie nach Bühl und wir bezogen das Reihenhaus in unmittelbarer Nachbarschaft zu den Eheleuten Boisses. Vor uns hatte ein Ehepaar mit großem Hund das Haus bewohnt und aus diesem Grunde war das Gartengrundstück nach links und rechts zu den Nachbarn eingezäunt. Beim Wegzug räumten die Vormieter den Zaun ab und nahmen ihn mit. Das war unbewusst die erste positive Aktion, denn durch den Zaun fühlten sich die Nachbarn in diesem an sich idyllischen und offenen rückseitigen Gelände eingeengt oder dieser Zaun wirkte einfach störend.

Das war aber nicht der einzige Störfaktor. Mitten auf dem zum Haus gehörenden Garten mit etwa 150 qm Fläche standen drei circa 20 Meter hohe mächtige Birken und am Grundstücksrand in fünf Gruppen Korkenzieher-Weiden. Beide Arten sind Bäume, die das ganze Jahr über Dreck erzeugen. Überdies bin ich gegen Birkenpollen allergisch und hasse aus diesem Grund die Baumart. Sofort nach Ende der Frostperiode war daher meine erste Aktion: Mit Hilfe von drei kräftigen Männern und einer Motorsäge ließ ich die drei Birken kurzerhand fällen und auch die Korkenzieher-Weiden wurden bis auf zwei Einzelstämme, die nicht mehr störten, entfernt. Das brachte mir auf der Stelle Lob von allen angrenzenden Nachbarn ein. Sie hatten bisher ständig Ärger mit dem störenden Laubanfall, der ihnen die Regenrinnen verstopfte, dem Dreck durch Samenflug, der Beschattung und was sonst die erwähnten Bäume so nahe an Häusern an Nachteilen brachten. Und einen störenden Zaun wollten wir alle natürlich nicht haben.

Über Monate habe ich zudem das Gartengelände auf Vordermann gebracht, gärtnerisch ansehnlich gestaltet, Steinmäuerchen angelegt, einen kleinen Springbrunnen installiert und einen Sandsteintrog mit Wasser für die Amseln und andere Singvögel aufgestellt. So sah das mit der Zeit optisch gut aus.

War ich dann im Garten beim Rasenmähen oder Pflegearbeiten, wenn ich die Hecken schnitt oder wenn ich sonst etwas zu tun hatte, gab Eleonore – die Nachbarin – sofort ihrem Mann den Auftrag, – was einem Befehl gleichkam – , das gleiche zu tun und Minuten später war er in seinem Gartengelände. Dabei entstanden, wie es sich unter netten Nachbar gehört, lockere Gespräche über die Grundstückgrenze hinweg und bald kam von Pierre die erste Einladung zu einem Bier oder Aperitif. Planten wir während der warmen Jahreszeit ein Grillfest im Garten, waren Eleonore und Pierre mit dabei und gerne gesehene Gäste. In dieser Zeit lebte Jean Luc noch bei seinen Großeltern und wurde uns als deren Sohn vorgestellt, ohne dass wir die näheren Zusammenhänge schon kannten.

Zu dieser Zeit waren auch beide noch beruflich in Baden-Baden tätig und auch ich war tagsüber unterwegs, so dass sich die persönlichen Kontakte vorwiegend auf spätnachmittags, den Abend und die Wochenenden beschränkten. Dann ergab es sich fast selbstverständlich, dass ich im Winter, wenn es während der Nacht geschneit hatte, nicht nur die paar Meter des Gehweges vor unserem Hausteil vom Schnee freiräumte, sondern bei den nächsten zwei oder drei Nachbarn gleich mit. Das hatte den Vorteil, dass auch bei mir einer der Nachbarn die

Schneeräumung übernahm, wenn ich samstags oder sonntags mal etwas länger im Bett bleiben wollte oder wir verreist waren. So wäscht eben eine Hand die andere.

In jedem Herbst lagen unsere Häuser in einer direkten Windschneise von Norden her und es wehte uns Berge abgefallenes Laub vor die Türe. Die Stadt Bühl hatte Jahre zuvor auf einem etwa 15 Meter breiten Grünstreifen zwischen der Durchgangsstraße und der Sackgasse zu den Reihenhäusern Laubbäume gepflanzt. Sie setzten aber keine einheimischen Gehölze, sondern kanadische Eichen. In den ersten Jahren waren die Bäume nur 4 oder 5 Meter hoch und da störte der Laubbefall noch nicht. Mit den Jahren wuchsen sie aber zu stattlichen, weit ausladenden Bäumen, doppelt so hoch wie die Häuser heran, und sie produzierten Unmengen von Laub. Lästig war zudem, die Bäume behielten einen Teil ihres Laubes bis ins Frühjahr hinein, als sie schon neue Blätter austrieben, und alles was auf dem Boden fiel verrottete nicht. Jedes Blatt hätte man mit dem Hammer zerkleinern müssen. Kein Mensch verstand, warum die Stadt nicht einheimische Gehölze genommen hatte. Es gibt genügend Arten, die nur mittelhoch werden. Regelmäßig gab es später Ärger wegen der Belästigung und Pierre beschwerte sich Jahr für Jahr bei der Stadtverwaltung, wenn wieder das Laub einen halben Meter hoch vor seiner Haustüre lag. Zu Recht verwies er auf sein hohes Alter, und dass er nicht mehr in der Lage ist, immer wieder einen Lastwagen voll mit Laub entsorgen zu lassen. „Wollt Ihr eine grüne Stadt oder nicht?", war die lapidare Frage. Trotzdem bewirkte gelegentlich sein Protest etwas. Hin und wieder kam ein Kehrdienst vorbei und saugte mit einer Maschine vor unseren Häusern das Laub weg.

Allgemein machte ich es eben, und nur bei mir das Laub in Säcke zu packen, hätte wenig Sinn gemacht. Beim nächsten

Windhauch landete wieder Laub von den Nachbargrundstücken bei mir. Was lag da also näher, wie es auch bei den anderen gleich mit zu entfernen. So gab es wenigstens für einen Tag Ruhe.

Schon erwähnt wurde, dass unsere Nachbarn mehrmals im Jahr in den Süden fuhren und bald baten sie uns, während ihrer Abwesenheit ein wenig ihr Haus im Auge zu behalten und wenn ich schon bei mir den Rasen mähte, dann mähte ich auf ihrem Grundstück gleich mit. Ehrlich gesagt, war das mehr in meinem Interesse, denn hätte ich es nicht getan, wäre der Löwenzahn, die Disteln und anderes Unkraut ungehindert gewachsen und der Samen in alle Richtungen geflogen.

Der Garten seines Hauses war Pierre sowieso mehr lästig und auch seine Frau hatte weder Sinn noch Gespür für Grünzeug. Mehrfach äußerte Pierre: „Ich lasse den Rasen abtragen und Beton aufbringen und der wird grün angestrichen, dann habe ich Ruhe". Das war nicht spaßig gemeint, sondern eine ernsthafte Überlegung. Nur mit viel Überzeugungskunst ließ er sich von seinem Plan abbringen. Damit also nicht zu viel Unkraut zu uns und zu den anderen flog, mähte ich seinen Rasen gleich mit und einmal im Jahr stutzte ich auch seine Hecken, damit sie nicht zu weit in unser Grundstück hinein wucherten. Dafür gab es dann hin und wieder eine Flasche Rotwein oder eine Flasche Champagner.

Nebenbei ergab sich mit der Zeit ein gut nachbarschaftliches Verhältnis und wenn, außer den Grillpartys und Gartenfesten, bei uns ein Geburtstag oder anderes Familienfest gefeiert wurde, luden wir sie zu uns ein und sie kamen gerne. Das mit ihrem Enkelsohn hatten wir bald auch mitbekommen und irgendwann wohnten sie dann alleine in ihrem großen Haus und waren nicht glücklich dabei.

Gerne nahmen sie also unsere Einladungen an und revanchierten sich selbstverständlich, wenn es bei ihnen etwas zu feiern gab. Öfters im Jahr bekamen wir außerdem eine Einladung zu einem Festessen in den Offiziersmessen in Bühl und Baden-Baden, wenn dort traditionell Couscous oder andere Spezialitäten auf der Festtagskarte standen. Wir waren an Drei-König und bei Treffen des Deutsch-Französischen Clubs seine Gäste, Silvester verbrachten sie bei uns oder wir waren bei ihnen und um 24 Uhr feierten wir mit den anderen Nachbarn auf der Straße den Übergang ins neue Jahr. Hinterher war es Pierre ein Anliegen, dass alle noch auf einen Sprung zu ihnen kamen und dort feierten wir in den Morgen. Der reichliche Vorrat an Champagner, der in seinem Keller lagerte, musste er ja auch einmal aufgebraucht werden.

Im nicht zu großen Esszimmer fanden manchmal die vielen Anwesenden kaum Platz, es wurde improvisiert und Pierre war in seinem Element. Da lebte er auf, wenn er Gäste bewirten durfte waren beide glücklich. Mit Eifer bereitete er in der Mikrowelle Häppchen und dazu kredenzte er über Jahre gelagerten Wein aus seinem Bestand. Hinterher kam es dann durchaus vor, dass die Boisses noch zwei oder drei Tage die übrig gebliebenen Häppchen mit Aufschnitt und Fromage aufessen mussten, weil Pierre viel zu viel gemacht hatte, und verkommen durfte bei ihm nichts. Dafür waren sie beide viel zu sparsam.

Leider verstanden weder er noch seine Frau etwas von Wein. Dabei waren die Regale im Keller gefüllt mit Flaschen und alten Beständen. Während der aktiven Militärzeit bekam er ein jährliches Kontingent eines speziell für das Regiment abgefüllten und etikettierten französischen Rotweinen aus vorzüglichen Lagen, und zudem kaufte er wahllos Weine aus Bordeaux, Gigondas oder Côtes du Rhône dazu und lagerte sie ein. Der Keller war aber leider nicht optimal für eine sachgerechte Lagerung alter Weine. Nicht immer war so ein alter Rotwein, den er uns dann stolz ausschenkte, unbedingt noch ein geschmacklicher Genuss. So mancher korkte oder war schlicht über- oder falsch gelagert.

Eines Tages besuchte uns Pierre und brachte mir einen 35 Jahre alten Napoleon-Cognac mit. Die Flasche hatte er in der Meinung es sei eine Flasche Wein geöffnet. Das Etikett wies auch schon ein wenig Patina auf. Diesen edlen Cognac habe ich dann in homöopathischen Dosen bei besonderen Anlässen ausgeschenkt und kam so über Monate immer wieder zu einem speziellen Genuss. Wie gesagt, er verstand von solchen Sachen nichts; er hatte kein Gespür für diese Dinge. So peu à peu versuchte ich diplomatisch auf das eine oder andere ein wenig einzuwirken, damit er zukünftig mit mehr Sachkunde den Vin Rouge, Champagner, Cognac und andere Spezialitäten auswählte und einkauft, einigermaßen professionell lagert und stilgerecht, dem Anlasse entsprechend, auf den Tisch bringt. Nach Jahren wurde es dann auch besser und seine Gäste waren insgesamt zufrieden.

Dann hatte man ihn in den Ruhestand verabschiedet und seine neue Rolle musste er anfangs erst verdauen, sich auf die neue Situation einstellen. Bald darauf folgte darin auch Eleonore nach, die ihre berufliche Laufbahn etwas vorzeitig beendete. Die Jahre eilten dahin, ihr Enkelsohn hatte im Gymnasium das Abitur gemacht und war zum angeblichen Studium nach Straßburg gegangen.

Jetzt hatten beide noch mehr - und zu viel Zeit. Sie verbrachten nicht mehr nur die Ferienzeit des Enkelsohnes oder wenn sie selber Urlaub hatten, sondern monatelang im Domizil am Mittelmeer. Mindestens den ganzen Monat Mai und dann wieder die Monate Juli bis Ende September blieben sie

Jahr für Jahr nun dort am Meer. Längst hatten wir einen Hausschlüssel, entnahmen täglich die eingegangene Post und ich schickten ihnen die gesammelten Werke ein oder zweimal in der Woche an die Urlaubsadresse. Das kam ihnen billiger wie der Post dazu einen Nachsendeauftrag zu erteilen.

Die Kontakte zum Sohn und den Töchtern nebst deren Familien, zu den getrennt-lebenden, ehemaligen Familienangehörigen und den Enkeln waren im Laufe der Jahre völlig eingefroren oder nur sehr, sehr sporadisch vorhanden. Mit zunehmendem Alter, und gerade bei unseren familiären Festen, vermissten sie ihre eigene Familie sehr. Bald wurde so meine Frau für sie wie ein Tochterersatz. Das wurde darin noch vertieft, weil sie ihnen zu Geburtstagen, zu Weihnachten und Neujahr immer jeweils ein persönliches Gedicht verfasste. Schließlich sahen sie in uns sogar den Familienersatz.

Nachdem Pierre auch noch seinen angenommenen und missratenen Sohn, auf Grund der vielen Eskapaden und vertanen beruflichen Chancen, aus dem Haus verwiesen hatte und nicht mehr für seine Schulden aufkam, wurden die Verbindungen des betagten Ehepaars zu uns noch enger.

Speziell Eleonore litt unter der Misere ihrer Familie, weinte oft und trauerte. Schuld waren in ihren Augen einzig die undankbaren Kinder und sie – oder eigentlich beide – stellten häufiger die Frage: „Was haben wir bloß falsch gemacht?" Um sie zu trösten, nahmen wir sie zu Senioren- und Weihnachtsfeiern in unsere Kirche mit oder auch einfach zu einem Ausflug auf die Höhen des Schwarzwaldes. Wir begaben uns mit ihnen auf die Spuren einstiger Auseinandersetzungen mit dem sogenannten „Erbfeind". Auf der deutschen Seite war es der Westwall, von dem nur noch wenig zu sehen ist. Auf französischer Seite ist es die „Ligne Maginot". Wir besuchten mit ihnen das riesige „Fort de Schoenenbourg", nahe der Grenze zu Deutschland und derPfalz. Dabei handelt es sich um eine der größten Anlagen der Maginot-Linie. Die unsinnigen Bauwerke auf beiden Seiten der Länder haben Milliarden gekostet; kriegsentscheidend waren sie nie.

Mit engagiertem Einsatz haben Freiwillige rund vier Kilometer der unterirdischen Bunkeranlage wieder zugänglich gemacht und man kann sie heute besichtigen und begehen. Sachkundige Führer stehen den Besuchern Rede und Antwort. Sowas war für den ehemaligen Militär und Offizier hoch interessant, denn diese Anlage hatte er bisher noch nie von innen gesehen. Nicht weit entfernt gibt es in Hatten das Musée de l'Abri. Mit solchen Besuchen und Besichtigungen alter Anlagen hatten beide ausgefüllte Sonntagnachmittage und Abwechslung in ihrem sonstigen Alltag.

Bei einem Tagesausflug befuhren wir die Route des Crêtes („Gipfelstraße", auch Vogesenkammstraße) von Thann aus, im südlichen Elsass. Unterwegs machten wir einen Stopp am Monument auf dem Hardmannswillerkopf (Vieil Armand). Ein riesiger Soldatenfriedhof mit Museum erinnert schon von weitem an die zirca 30'000 Soldaten, die hier im Ersten Weltkrieg ihr Leben gelassen haben. Das ist auch so ein Relikt aus einer unseligen, unsinnigen Zeit und einer verbohrter Politik. Hier kam Pierre in den letzten Kriegsmonaten des Zweiten Weltkrieges auf dem Weg nach Speyer mit seiner Einheit durch, bevor sie dort später den Rhein überschreiten konnten.

Durch das romantische Val d'Argent (Silbertal) fuhren wir schließlich nach Colmar an der „Elsässer Weinstraße" und besichtigten dort die sehenswerte Innenstadt, den zentralen Place de la Cathédrale mit dem gotischen Martinsmünster aus dem 13. Jahrhundert, wie auch den urigen Winkel „Petite Venise" (Klein Venedig), bevor wir den Rhein am Kaiserstuhl überquerten und wieder auf deutsches Gebiet wechselten.

Andererseits revanchierte sich Pierre mit Einladungen zu ihren Festen. Bei runden Geburtstagen waren wir zum Essen beim Chinesen am Bühler Johannesplatz eingeladen. Internationales Flair kam auf, wenn wir zusammen das Geburtstagsständchen „Happy Birthday to You" in fünf Sprachen anstimmten: in Deutsch, Englisch, Französisch, Italienisch und Rumänisch (eine Nachbarsfamilie war als Deutsch-Rumänen zugezogen). Das chinesische Restaurant war Pierres Lieblingslokal – und je älterer er wurde, desto mehr liebte er Vertrautes und mied von vorneherein unliebsame Überraschungen.

Mindestens einmal jährlich bekamen wir die Einladung „La fête de Afronaaa". Die Teilnahme an diesen Festen oder Veranstaltungen war für uns eher eine Last wie Freude, doch Pierre war es ungeheuer wichtig, dass wir dabei sind. Dort stellte er uns allen als seine Freunde vor. Dabei war die Teilnahme nicht kostenfrei. Jeder Teilnehmer kostete es einen gewissen Obolus, und auch Pierre hatte für sich und uns den entrichten müssen. So konnten wir einfach nie seine Einladung abschlagen und wir machten ihm die Freude.

Das opulente Essen das es da gab, der gute französische Rotwein, war ja auch nicht zu verachten. Fremd war uns dagegen die ungewohnte Umgebung. Ich erwähnte schon, viele waren Offiziere und mit deren Angehörigen sprachen sie zumindest teilweise etwas Deutsch. Das militärische Gehabe und die damit verbundene Zeremonie war aber nun einmal nicht meine und unsere Welt. Lästig wurde es, wenn die eingeladenen Maghrebiner zu viel getrunken hatten. Sie wurden aufdringlich, laberten uns penetrant voll, ohne dass wir verstanden, was sie überhaupt wollten. Nach rund sechs Stunden waren wir dann froh und erleichtert, wenn es Pierre zum Aufbruch drängte und nach Hause wollte.

Fort de Schoenenbourg – außen und in kilometerlangen Gängen

9

Urlaub in Südfrankreich

Schon seit Jahre drängten uns Eleonore und Pierre doch einmal den Urlaub bei ihnen in Südfrankreich zu verbringen, und sie wollten uns dafür das Appartement kostenlos zur Verfügung stellen, dass sie einst für ihre Kinder gekauft hatten, die aber kein Interesse an der Nutzung zeigten. Wiederholt hatten sie es bedauert, dass ihre Angehörigen so wenig Neigung zu einem gemeinsamen Urlaub mit ihnen hatte.

Wenn ein Haus oder eine Wohnung nicht benützt wird vergammelt sie. Aus diesem Grunde hatten sie dem örtlichen Verkehrsamt den Auftrag gegeben, die Wohnung an interessiere Urlaubsgäste zu vermieten. So kam es, dass das Appartement in einer größeren Ferienanlage hin und wieder bewohnt wurde, und über die Jahre bildete sich daraus ein fester Kundenstamm. Dort im Süden waren in den Ferienmonaten sämtliche verfügbaren Wohnungen begehrt und sie wurden in der Regel schon ein Jahr im Voraus angemietet. Somit kamen oft die gleichen Personen, die vier Wochen in diesem Ferienappartement zubrachten. Die dabei erzielten Einnahmen deckten aber allenfalls die fixen Kosten. Rechnete man Steuern und was sonst noch über das Jahr anfiel dazu, konnte von Gewinn keine Rede sein, eher musste man das als eine längerfristige Geldanlage betrachten. Der Gewinn war ihnen aber auch nicht vorrangig, sondern mehr die Erhaltung.

Im Jahr 1994 ließen wir uns dann doch einmal auf das Angebot ein und ich verbrachte mit meiner Frau vierzehn Tage dort im Süden, am westlichen Mittelmeer, wovon die Boisses immer so geschwärmt hatten. Uns fanden ein großzügiges und zweckmäßig eingerichtetes Appartement vor, mitten im Ort und nicht weit vom Strand entfernt. Soweit war es ideal und alles gut. Neben einem doppelstöckigen Bett in einem Raum gab es eine ausziehbare Couch im Wohnbereich, die allgemein den Erwachsenen zum Schlafen dienen sollte. Leider erwies sich dieses Möbel bei näherer Untersuchung als völlig ungeeignet. Teile waren abgebrochen, eine Schraube fehlte und die Unterlage hing schief. Auf diesem Möbel konnte man weder sitzen noch liegen. Wir benützten stattdessen das für die Kinder vorgesehene Doppelstockbett und meine Frau schlief unten, ich im oben.

Die Matratzen der Betten waren allerdings total durchgelegen und sie glichen eher einer Hängematte. Vermutlich wurden sie noch nie gewechselt, seit die Einrichtung gekauft worden war. Kurzerhand entnahm ich einem Einbauschrank freie Einlegebretter und legte sie unter die Matratzen. Das Provisorium war doppelt praktisch, so konnte ich einigermaßen liegen und der Staub rieselte nicht mehr von oben so sehr auf das Bett darunter, in dem meine Frau schlafen sollte.

Wir berichteten natürlich unseren Gastgebern auf nette Weise vom Zustand dieser Möbel und sie waren überrascht und peinlich berührt. Bisher hatten sie dazu nie eine Rückmeldung oder einen Hinweis erhalten, weder von den Gästen noch vom Touristenbüro, und was man nicht weiß, kann man bekanntlich nicht ändern. Vermutlich haben die bezahlenden Gäste den Mangel einfach in Kauf genommen; eventuell sich auch darüber sogar geärgert, aber nichts verlauten lassen.

Nach unserer Abreise kaufte Pierre sofort eine neue Schlafcouch und besorgte neue Matratzen und schaute auch sonst, dass das Inventar wieder erneuert und vervollständigt wurde. Eine Inventarliste hatte es nie gegeben und über die Jahre ist so ein natürlicher Schwund an Geschirr, Besteck und was man in einer Küche braucht, entstanden. Manches gute Stück ging vermutlich als Souvenir mit den Urlaubsgästen auf der Heimreise mit. Ein paar wichtige Dinge hatten wir zuvor schon gekauft und dann natürlich dagelassen.

Von diesen Kleinigkeiten abgesehen, waren die Tage am Mittelmeer für uns sehr ereignisreich und kurzweilig, geprägt durch tägliche Unternehmungen und Ausflüge in die Region wie auch zu sehenswerten Plätzen in der näheren oder weiteren Umgebung. In der Peripherie der Stadt gab es ein angesehenes Weingut, das die eigenen Weine in Selbstvermarktung verkaufte. Zusätzlich betrieben sie ein kleines Museum: „La Baleine et le Vigneron". Initiierung für die Idee und ungewöhnliche Einrichtung war ein Jahre zuvor, an der Küste angelandeter und verendeter etwa 20 Meter lange Wal; ein wahrlich gigantisches Exemplar. Das war für den Ort eine mediale Sensation und man hat dann das Skelett von Fachleuten präparieren lassen. Seither wird es ausgestellt und nun es ist der Mittelpunkt und Blickfang bei der Präsentation der eigenen Weine. Ergänzend vermarkteten die tüchtigen Geschäftsleute natürlich einen speziellen Wein in einer Flasche, die den Wal ziert.

Nicht weit von diesem Weingut entfernt, gab es ein Unternehmen das nahe des Strandes begehrtes Meersalz gewann. Auf großen Flächen wurde das berühmte und von Gourmetköchen geschätzte „Fleur de Sel" (Blume des Salzes) gewonnen und weltweit vertrieben.

Der Badeort „Port la Nouvelle" zeichnet sich durch seinen weitläufigen, sehr flach und weit ins Wasser verlaufenden

Strand aus, mit schöner Promenade, die an einem weithin sichtbaren, auffallenden alten Leuchtturm endet, dem Wahrzeichen der Stadt.

Sehenswert ist zudem ein Kanal, an dem endlose Wander- und Radwege entlang führen. Es ist ein geschütztes Naturschutzreservat und ein wahres Vogelparadies. Doch die Region hat noch viel mehr zu bietet und überall schleppte uns Pierre hin. Wir mussten unbedingt alles gesehen haben. In Port Leucat kaufte er direkt bei den Fischern frisch angelandete Austern und Muscheln ein. Ein Dutzend Austern wurden gleich vor Ort verzehrt und die Miesmuscheln hat er später zu Hause mit Riesling-Sauce delikat zubereitet und uns als ein köstliches Gericht serviert. Wir besuchten an einem der Tage die Nachbarstadt Le Bararès. Sie ist größer und hat eine noch schönere, gut frequentierte Strandpromenade. Zahlreiche Souvenirgeschäfte, Cafés, Restaurants und Ateliers säumen den Boulevard und laden zum Verweilen oder shoppen ein. Eine auffallende Besonderheit ist ein direkt am Strand auf Kiel liegendes Schiff, das Gäste und Urlaubern als Spielkasino einlädt. Natürlich gehörte ein Besuch von Narbonne zum Besuchsprogramm, eine Stadt mit zweitausendjähriger Geschichte. Wir promenierten durch die Gassen, besuchten die altehrwürdige Kathedrale und bewunderten im Innern deren imposante berühmte Pfeifenorgel.

Mit Eleonore fuhren wir an einem sonnigen Tag in das rund 100 Kilometer entfernt im Hinterland gelegene Carcassonne. Der mittelalterliche imposante und sehenswerte Teil dieser Stadt liegt weithin sichtbar auf einem Hügel. Bewundernswert sind die mittelalterlichen wuchtigen Stadtmauern und die vielen Türme der „Cité de Carcassonne", mit dem „Château Comtal und Port d'Aude". Das gesamte Ensemble gehört zum Weltkulturerbe der UNESCO. Nach dem letztlich ermüdenden Bummel durch die engen Gassen innerhalb der Cité, den erhöhten Wegen auf den wehrhaften Mauern, suchten wir einen schattigen Platz in einem der Cafés. Wir fanden einen guten Platz und meine Auswahl war unschwer, ich bestellte einen doppelten Espresso und ein Mineralwasser. Weil der Tag relativ war heiß war, hatten die Frauen Lust auf einen Eiskaffee. Ohne groß nachzudenken bestellte Eleonore „Café Glacier". Die Bedienung brachte Kaffee mit Eiswürfeln im Glas, was den Frauen das Gesicht entgleisen ließ. Eleonore, die doch perfekt französisch spricht war perplex. Was war denn da schiefgelaufen? Sie hätte richtigerweise „café liégeois" als Getränk bestellen müssen. „So etwas ist mir noch nie passiert", entschuldigte sie sich peinlich berührt und wir hatten unsere Freude an diesem Fauxpas.

Während unserer Anwesenheit schleppte uns Pierre von einem „bon ami" (guten Freund) zum anderen. Nachhaltig bleibt uns die Einladung von einem seiner besten Freunde aus der Zeit seiner Militärtage in Erinnerung, der in Bacarés sein Feriendomizil hatte. Seine Frau war Elsässerin und sprach ein uns geläufiges „Elsässerditsch", dazu brillierte sie als leidenschaftliche Köchin. Sie verrieten uns: „Wir leben neun Monate im Jahr hier und nur die Sommermonate, wenn hier die Hölle los ist, wenn der Bär steppt, verbringen wir im kühleren Elsass." Zuerst mussten wir mit dem Gastgeber sein Boot bewundern und eine Runde entlang der Küste fahren, immer in Sichtweite der Stadt, dann in die Kanäle hinein, wo einheimische Pêcheur (die Fischer) mit ihren Booten ankerten und ihn gestenreich grüßten. Hinterher hatte seine Frau zum Mittagessen aufgetischt. Erst wurde ein Aperitif gereicht, dem folgte eine üppige Vorspeise. Zum Hauptgang servierte die Hausfrau original elsässisches Choucroute, das ist deftiges Sauerkraut mit mindestens 6 verschiedenen Würsten und einem großen

Stück Bauchfleisch. Das Essen schmeckte köstlich, doch war es ebenso sättigend. Zwei, drei Schnäpse sollten den Magen aufräumen. Nur kurz konnten wir durchschnaufen, dann kam auch schon die Nachspeise auf den Tisch. Inzwischen zeigte die Uhr vier am Nachmittag und das hieß, Zeit für den Kaffee.

Zum Glück und willkommener Verdauungspause verhalf uns eine plötzlich aufgetretene Unruhe im Häuserviertel. Wir sahen Menschen in hektischer Bewegung die Straße entlangeilen. Ursache war, wie sich schnell herausstellte, ein Flächenbrand am Dorfrand. Dort brannte lichterloh ein Schilfgürtel nahe der Wohnsiedlung. Dichter schwarzer Rauch stieg auf ließ Schlimmes befürchten. In minutenschnelle war aber die Feuerwehr vor Ort und sie hatte die Lage in kurzer Zeit im Griff, das Feuer konnte gelöscht werden. Die neugierigen und erregt diskutierenden Zuschauer, wir eingeschlossen, konnten wieder in die Häuser zurückgehen. Ruhe kehrte ein und wir widmeten uns nun der Kaffeetafel, bestückt mit vielen sehr süßen Kuchenstückchen; typisch Französisch. Die Schlemmerei ging direkt ins Abendessen über und wieder zauberte die Köchin Köstlichkeiten aus dem Backofen auf den Tisch. „Quiche Lorraine" gab es als Nächste eine Spezialität, die ursprünglich aus Lothringen stammt. Unterschiedlichste Sorten an mildem und würzigem Fromage fehlten auch nicht, wobei ich den geschmacklich auffallenden Münsterkäse durchaus liebe. Solche üppigen Speisen müssen dann in viel Vin Rouge und einigen Schnäpsen schwimmen. Kurz vor 24 Uhr machte sich schließlich Müdigkeit breit und wir brachen auf. In unserer Unterkunft fühlte ich mich innerlich wie ein Sack und zum Platzen voll. In der Nacht lag mir das Essen wie Steine im Magen und ich fand kaum Schlaf. Solche üppigen Essen sind wir nicht gewohnt und wir wollen uns auch nicht daran gewöhnen. Eine solche barocke Esskultur wie der Franzosen ist nicht unser Ding.

Strand in Port la Nouvelle und malerisch der Canal in Narbonne

Dem magenstressigen Samstag folgte ein frühmorgens schon angenehm milder Sonntag. Den wollten wir nun zur Erholung alleine verbringen und besuchten das rund 30 Kilometer entfernte Perpignan, wo wir eine Weile bummelten. Von dort fuhren wir dann nach Barcarès und gingen zur Promenade, wo wir uns in einem Restaurant am Strand einen Salatteller gönnten. Das war dann auch schon fast wieder zu viel für unsere Mägen. Nun war es genug für den Tag, wir zogen uns in das Feriendomizil zurück und legten wir uns für Stunden aufs Ohr, um uns vom Vortag zu erholen. Wir hatten die Ruhe dringend nötig und an diesem Tag keine Lust mehr, noch irgendetwas zu essen.

Um uns für die Gastfreundschaft zu revanchieren und zum Dank für die kundigen Führungen luden wir das Ehepaar am nächsten Sonntag zum Essen ein und gingen in ein gutes Lokal am Strand, das uns Pierre empfohlen hatte. Hinterher vertraten wir uns eine Stunde auf der Promenade die Beine und zum Schluss suchten wir einen schattigen Platz im Gartenlokal eines Hotels, „dem ersten Haus am Platze", wie uns gesagt wurde. Unser Gastgeber hatte an diesem warmen Nachmittag Lust auf ein kühles Bier. Ich dagegen trinke lieber Rotwein und wenn ich irgendwo bin, dann sollte er aus der Region sein. Dieser Landstrich im Süden gehört zum Languedoc-Roussillon und Corbières-Gebiet und ist geprägt von exzellenten Weinlagen. Der Garçon brachte mir ein Viertel Vin Rouge mit Eiswürfeln im Glas. Ich war überrascht und dachte, ich sehe nicht recht. Zu Pierre sagte ich: „Ich war bisher der Meinung, die Franzosen verstehen etwas von Weinkultur. Wer trinkt denn Rotwein eiskalt und auch noch mit Wasser von Eiswürfeln verdünnt? Da kann ich ja gleich Weinschorle trinken." Das war Pierre peinlich und er winkte den Kellner herbei, erklärte ihm, dass „sein Freund aus Deutschland ist, aus einer

Weingegend kommt und davon etwas versteht und nun wundert er sich über den eiskalt servierten Rotwein mit Eiswürfeln." Der Mann sah darin kein Sakrileg und gab sich entrüstet: „Hier lieben die Gäste das so." Na denn, nach diesem Negativ-Déjà-vu-Erlebnis bekam der Kellner nicht einen Centimes Trinkgeld.

Stattdessen besuchten wir in der folgenden Woche einen bekannten Weinhändler im Ort, der eine große Vielfalt und Auswahl an exquisiten französischen Weinen aller Qualitätsklassen und Preislagen führte, und natürlich auch Spitzenweine aus dem Corbière. Dort kaufte ich einige Flaschen und nahm sie als Souvenir mit nach Hause. Diese Tropfen versöhnten mit dann wieder mit der französischen Weinkultur.

Drei Jahre später folgten wir erneut der Einladung und erfreuten uns wieder an der Gastfreundschaft. Um uns zu revanchieren nahmen diesmal wir, das Ehepaar zu einem Tagesausflug nach Andorra mit. Obwohl sie schon über 30 Jahre im Süden verbrachten, waren sie noch nie in dem Pyrenäen-Staat gewesen, hatten aber Interesse an einem Besuch. Ein mögliches Hindernis für sie war bisher, man muss von „Port la Nouvelle" aus etwa 200 Kilometern fahren. Die Strecke ist außerdem kurvig und führt in die Berge und über einen Pass auf fast 2000 Meter. Ich meinte aber, im Urlaub ist diese Entfernung kein Hindernis und locker einmal verkraftbar oder nur eine geringe Anstrengung. Wir machten es uns am Fahrtage zudem gemütlich, da störten nicht einmal die vielen Kurven.

Unsere Fahrt dorthin hat sich dann jedenfalls für alle gelohnt. Sie war kurzweilig, wir sahen viel, erfreuten uns an der Landschaft links und rechts des Weges und an den Eindrücken. Die Route ging über einen legendären Pass, den regelmäßig der Tour-de-Franc-Tross tangierte. Zudem sind die historischen Gebäude der Stadt Andorra ebenfalls ein Blickfang, und ein wenig umwehte uns in dem kleinen Land auch der Hauch des Exotischen, denn damals war Andorra noch ein guter Tipp für steuerbegünstigte Geldanlagen gewesen.

Auf dem Rückweg legten wir an der Grenze noch einen letzten Stopp ein. Zahlreiche Shops boten in einer Einkaufsmeile alle denkbaren, zollfreien Waren an und es lohnte sich, beim Bummel eine Weile interessiert dem geschäftigen Treiben zuzusehen. Einen guten, preisgünstigen Cognac für zu Hause kaufte ich natürlich bei dieser Gelegenheit auch und Pierre besorgte sich ebenfalls einige Flaschen, womit er die Bar in seinem Heim wieder auffüllte und wieder mehr Auswahl oder Abwechslung seinen Gästen anbieten konnte. Alleine trank er sonst relativ wenig Alkohol und wenn, dann lieber ein Bier. In dieser Hinsicht war er kein typischer Franzose.

Ausflug nach Andorra – Pass und Grenze

10

Zaghafte Kontakte zu Familienangehörigen

Es waren die Enkelkinder, die Kinder der geschiedenen Partner von Jaqueline und Hugo, die zuerst wieder den Kontakt zu ihren Großeltern suchten. Oma und Opa freuten sich riesig über die Telefonate und gelegentlichen Briefe, besonders wenn sie dann noch einige Worte in Französisch enthielten, wie „mille bisous" (tausend Küsschen). Mehrfach luden die Großeltern ihre Enkel mit Anhang nach Bühl ein und sie kamen dann irgendwann auch zum Besuch. Platz im Haus gab es genug, sie konnten bei den Großeltern übernachteten und wurden stolz zum Essen beim Chinesen ausgeführt. Einer der Enkel heiratete bald darauf und hatte ausdrücklich auch die Großeltern dazu nach Nordrhein-Westfalen eingeladen, was sie natürlich freudig annahmen.

Die verwandtschaftliche Verbindung hielt erstaunlich, und die jüngeren Generationen meldeten sich sogar öfters mal telefonisch wie auch schriftlich. Den Briefen lagen stets aktuelle Bilder des Urenkels dabei. Das war auch nie zu ihrem Schaden und Geld konnten die jungen Leute stets gut gebrauchen. Hugo und seine ehemalige zweite Frau hatten eine Enkelin und die auch schon ein Mädchen. Mit etwa sechs Jahren entwickelte sich das Kind, eine weitere Urenkelin der Boisses, zu einem hochbegabten Turnküken. Der Floh gewann Preise und Pokale und die regionale Presse berichtete darüber. Natürlich waren die Urgroßeltern stolz wie Bolle auf die Kleine vom Bodensee.

Die ehemalige Schwiegertochter und geschiedene Frau von Hugo hielt genau betrachtet über alle Jahre die engste Verbindung zu den einstigen Schwiegereltern, jedenfalls meldete sie sich häufiger wie der eigene Sohn oder ihre Tochter. Sie besaß überdies in „Port la Nouvelle" auch ein Ferienappartement und wenn man zur gleichen Zeit dort im Urlaub weilte, besuchten sie sich gegenseitig. Solche Besuche und Gespräche waren nur seltener, wenn sie gerade beruflich monatelang in Südamerika weilte. Manchmal kam die Ex-Schwiegertochter auch schon mal auf einen Sprung nach Bühl zu Besuch. Auf diesem Wege wurden die spärlichen Nachrichten und Informationen „wer was wo macht" von und zu den anderen der Familienangehörigen ausgetauscht und irgendwann war auch Jaqueline wieder einmal am Telefon.

Sie hatte inzwischen zum dritten Mal geheiratet. Jetzt war sie bis über beide Ohren wie ein junger Teenager verliebt und glaubte „endlich den Richtigen" gefunden zu haben. Vielleicht war der Stolz auf ihre Eroberung der Grund, warum sie wieder einmal von sich hören ließ? Die Eltern jedenfalls freuten sich riesig mit ihr und nahmen an ihrem Glück regen Anteil. Und dann kam Jaqueline tatsächlich zu Besuch. Diesmal noch alleine, später stellte sie aber auch ihren neuen Partner vor und die Besuche wurden häufiger. Sie blieben dann einige Tage in Bühl und manchmal sogar über ein Wochenende. Fairerweise muss man dazu erwähnen, dass sich der Schwiegersohn nie sonderlich wohl bei ihnen gefühlt hatte. Um es vorsichtig auszudrücken stimmte die Chemie zum Schwiegervater nicht. Als Kriminalbeamter sprach er wohl Englisch, aber eben kein Französisch. Das war schon ein Hindernis, bei der Kommunikation. Auch wenn es mit Eleonore keine Verständigungsschwierigkeiten gab und auch Pierre etwas Deutsch sprach und verstand, mag es aber auch ein Grund gewesen sein. Er kam eben nur mit seiner Frau nach Bühl, wenn es sich nicht anders machen ließ. Mehrheitlich besuchte aus diesem Grunde die Tochter alleine ihre Eltern.

Durch die hilfreiche Vermittlung ihrer Tochter entstand nach Jahren wieder zögerlich ein Kontakt zu Hugo in Thailand. Dieser setzte sich eines Tages tatsächlich ins Flugzeug und kam zu einem Besuch zu den Eltern nach Bühl. Den Flug hatte ihm natürlich wieder der Vater gesponsert. In deren Haus gab es genügend Platz und Zimmer, somit konnte er gut vier Wochen kostenfrei hier verbringen. Bei dieser Gelegenheit lernte ich ihn nun auch kennen. Der Mann sprach immer noch akzentfreies Deutsch, so dass es keinerlei Verständigungsschwierigkeiten gab. Auf mich machte er einen guten, vernünftigen Eindruck und ich verstand nicht, warum er mit seinem Vater nicht klarkam.

Wieder zurück in Thailand, meldete er sich fortan in den nächsten zwei oder drei Jahren immer bei mir per E-Mail. Ich druckte seine Message aus und überbrachte sie seinen Eltern. Skype und WhatsApp waren noch unbekannt, so blieb man auf diese Weise einfach und pragmatisch verbunden und alle auf dem Laufenden.

In nächsten Schritt brachte ich Eleonore sogar dazu, einige E-Mails an meinem PC zu schreiben, die wir ihm dann zusendeten. Anfangs traute sie sich das nicht zu und hatte Hemmungen „vor diesem modernen Zeug". Ich argumentierte aber: „Du warst doch Chefsekretärin, hast Jahrzehnte mit der Schreibmaschine geschrieben. Dies ist nicht anders, die Tastatur ist die gleiche. Schreib den Text einfach wie mit einer Schreibmaschine und dann verschicken wir die E-Mail." Nach Anfangsschwierigkeiten klappte es sogar und am Ende war sie stolz, wenn der Sohn auf ihre E-Mail postwendend antwortete. Auf diese Weise korrespondierte die Mutter dann eine ganze Weile mit dem Sohn und Pierre gab dabei eifrig im Hintergrund Anweisungen und Kommentare.

Bald erfuhren sie auf diesem Wege, dass er einen Teilzeitjob als Englischlehrer ausübt und auch in Französisch unterrichtete. Er lebte mit einer thailändischen Partnerin zusammen und mit ihr konnte er mit seiner schmalen Rente von etwas über 700 Euro aus der Militärzeit, in dem asiatischen Land einigermaßen leben und über die Runde kommen. In Deutschland oder Frankreich wäre das nicht möglich gewesen. Sein Einkommen hätte kaum für ein auskömmliches Leben gereicht.

Jetzt war in den Augen des konservativen Vaters das Leben seines Sohnes wieder einigermaßen im Lot und die Eltern erfreuten sich über die positive Veränderung. Den E-Mails waren oft Bilder beigefügt und irgendwann auch welche von einem Haus, einem größeren Anwesen mit Garten, das ihm zum Kauf angeboten worden sei. Er wollte wissen, ob ihm die Eltern dafür die Summe von 15'000 Euro geben würden? Zu diesem Preis ein Haus mit Grundstück erschien selbst für den ehemaligen Banker ein Schnäppchen. Sie überwiesen ihm das Geld. Einen Nachweis, ob seither das Anwesen ihm tatsächlich auch gehörte, habe ich nicht gesehen.

Das Jahr 2003 brachte für Eleonore und Pierre einen speziellen Anlass zum Feiern, die Goldene Hochzeit. Der Stellvertreter des Oberbürgermeisters überbrachte Glückwünsche der Stadt und eine Urkunde des Ministerpräsidenten von Baden-Württemberg. Auch der Vorsitzende des Deutsch-Französischen Clubs war unter den Gratulanten und überreichte ein Geschenk im Namen des Deutsch-Französischen Clubs.

Überglücklich war das Jubelpaar, dass ihre Tochter Jaqueline mit Mann, die Ex-Schwiegertochter mit ihrer Tochter und deren Kind, dem Urenkel, bei der Feier dabei sein konnten oder wollten. Meine Frau und ich, waren nebst zwei weiteren Ehepaaren aus der Nachbarschaft ebenfalls als Gäste eingeladen In der Wohnung wurde Champagner gereicht und mittags waren wir dann alle zum Festessen beim Chinesen am Johannesplatz in Bühl eingeladen. Dort gab es gebratene Ente vom Feinsten als ein typisch asiatisches Gericht, und wir prosteten dem Jubelpaar mit Reisschnaps zu und ließen sie hochleben.

In der Verbindung mit der Tochter in Amerika herrschte leider immer noch eisiges Schweigen, wie auch mit dem als Sohn angenommenen Enkel. Dieser Familienteil blieb also außen vor und das blieb so, solange Pierre noch lebte.

Als Gipfelpunkt der Starrköpfigkeit empfanden wir einen skurrilen Vorfall, den wir eines Abends mitbekamen. Draußen dämmerte es schon, da klingelte es an der Haustüre. Pierre blickte von oben aus dem Fenster und wollte sehen wer da ist. „Ich bin es, die Rahel", sagte die Tochter von unten. „Mach' dass du fortkommst, wir wollen dich hier nicht sehen", herrschte er sie an und ließ sie vor der Türe stehen. In diesen Tagen war sie anscheinend wieder einmal in Deutschland und war auch bei ihrer Schwester Jaqueline zu Besuch. Es hätte der Beginn einer Versöhnung werden können. Gleiches galt für den Adoptivsohn. Sie wussten nicht wo er lebt, was er macht, und wollten es auch nicht wissen. Da stellten sie ihre Ohren auf Taub und Durchzug. Dabei wohnte dieser nicht weit entfernt in der Nachbarstadt Achern.

Oben: Dekoration der Enkel- und Urenkel zur Goldenen Hochzeit
Unten: Ehrung französischer Gefallene mit Baden-Badens Oberbürgermeisterin und der Abgeordneten im Deutschen Bundestag

11

Eine Ära geht zu Ende

Seit unserem letzten Urlaubsaufenthalt in „Port la Nouvelle" waren zehn Jahre vergangen, bis sich wieder eine neue Gelegenheit für uns bot oder anders gesagt, wir wieder Interesse hatten, dort einige Urlaubstage zu verbringen. Im Prinzip wollen wir nicht immer an den gleichen Ort und in den letzten Jahren war ich überwiegend in den Alpen, im Hochgebirge und beim Klettern an vielen Tagen im Jahr unterwegs. Warum wir uns aber doch wieder einmal für „Port la Nouvelle" entschieden, hatte einen speziellen Hintergrund.

Das 75. Lebensjahr hatte Piere längst schon vollendet, dabei war er noch geistig rege und fit, oder man durfte ruhig sagen: „im Kopf voll auf der Höhe", wenngleich er körperlich schon das Alter spürte. Solange er aber noch Autofahren konnte, nahm er das eben hin. Ihn beschäftigte mehr die aktuelle Politik seines Landes und da tat er gerne seine unmissverständliche Meinung kund. Die Teilnahme an den Wahlen über das zuständige Konsulat gehörte selbstverständlich dazu, wenngleich das stets mit Umständlichkeit verbunden war.

Das gesellschaftliche Leben ließ ihn gleichfalls nicht unberührt. Die Teilnahmen an den Festen des Militärs, bei Afronaaa und anderen, waren ihm sehr wichtig, selbst wenn er sich beim Gehen zunehmend schwerer tat. Dabei zu sein, das ließ er sich nicht oder nur in Ausnahmefällen und ungern entgehen. War ich dazu eingeladen, dann fungierte ich selbstverständlich als Chauffeur und das erleichterte ihm seine Teilnahme etwas.

Selbst bei seinen Vermögensangelegenheiten war er immer noch sehr erfolgreich. Damit bei den schwierigen Familienverhältnissen alles für die Zukunft gut geregelt war, rieten wir dem Ehepaar mehrfach dringend, beim Notar ein Testament zu machen und es dort auch zu hinterlegen, damit für alle Fälle Vorsorge getroffen ist. Das war nicht unwichtig, denn alleine die Immobilien stellten einen ansehnlichen Vermögenswert dar. Inzwischen hatten sie ein weiteres Objekt dazugekauft. Eine Baugesellschaft ließ in den 90er-Jahren in unmittelbarer Nachbarschaft ein Mehrfamilienhaus mit Eigentumswohnungen erstellen. Eine der 3-Zimmer-Wohnungen hatten sie gekauft und an ein junges Ehepaar vermietet. Die dazugehörende Garage konnte Pierre für seinen Mercedes selber gut gebrauchen. Denn längst fuhr er einen Zweitwagen, ein kleineres Auto, das er für die Fahrten ins Elsass benützte.

Beim Wert der Immobilien und was an Anlagen bei deutschen und französischen Banken vorhanden war, da sollte also schon alles geregelt sein, wer was bekommt. Nach den bisherigen Erfahrungen mit seinen Angehörigen war unschwer voraussehbar, dass es nach dem Tode ein „Hauen und Stechen" geben würde. Bis man sich zu einem Termin beim Notar aber bewegen ließ, dauerte es allerdings noch Jahre. Dann wurde die Sache doch noch rechtzeitig in trockene Tücher gebracht.

Großes Vergnügen bereitete es Pierre, wenn er mindestens einmal im Monat ins Elsass fahren konnte oder später von mir dorthin gefahren wurde, um dort im „Super U" einzukaufen. Sorgen bereiteten ihm dabei, dass sich die Region um Straßburg seit Jahren als Problemgebiet in den Schlagzeilen befand, mit wüstem Vandalismus und gewalttätigen Ausschreitungen. Unter anderem wurden Autos angezündet und gingen in Flammen auf. Auch die Einbruchsrate lag weit über dem Durchschnitt. Damit er nicht mit dem Mercedes ins Elsass fahren musste, kaufte er sich den erwähnten kleineren Zweitwagen und den benützte er fortan nicht nur bei den Fahrten über den Rhein, sondern auch in Bühl und drum herum. Das erleichterte ihm die Parkplatzsuche doch um einiges. Nur wenn er repräsentieren wollte oder die längere Strecke in den Süden fuhr, dann holte er das größere Auto aus der Zweitgarage. Es kam noch hinzu, dass, wenn sie in den Süden fuhren, hatten sie auch immer allerhand mitzunehmen und zu transportieren, da bot das größere Auto dann doch viel mehr Platz.

Freitags war ich allgemein nicht zu Kundenbesuchen unterwegs, sondern hatte im Büro zu tun. An so einem Tag war ich gerade mit meinem geschäftlichen Kram beschäftigt, da klingelte Pierre an der Haustüre. Er bat mich schnell zu ihm in die Wohnung zu kommen, er möchte mir mit etwas zeigen. Zuerst dachte ich, es wäre etwas passiert. Aber nein, stolz zeigte er mir den soeben bei Aldi erworbenen Laptop. Mit einem Computer hatte er bisher noch nie etwas zu tun gehabt und kannte alles, was damit zusammen hing nur vom Hörensagen, wollte aber technisch auf der Höhe bleiben. Das war aber nicht so einfach, denn er war der Meinung, er bräuchte einfach nur das Gerät auspacken, Stecker in die Steckdose und schon kann er loslegen. Erstaunt stellte er fest, dass das so nicht geht und nun wollte er von mir wissen was er denn tun muss, damit das funktioniert. „Jo", sagte ich zu ihm, „do bisch halt de Schlabbe vom Babbe", sage mer im Badischen (da bist du der Hausschuh vom Vater).

Lachend klärte ich Pierre auf: „So ein Laptop muss erst eingerichtet und konfiguriert werden, dann ist ein Internetzugang dazu erforderlich, wozu die Anmeldung bei einem Internetanbieter dazu gehört. Morgen fahre ich mit dir zum nächsten Servicecenter der Telekom, da beantragst du den Internetanschluss und kaufst ein Modem. Dann konfiguriere ich dir das Geräte und wir richten dir eine E-Mail-Adresse ein."

So haben wir es gemacht und wie es immer ist, wenn man einen Computer oder Laptop in Betrieb nehmen will, es ist mit der einen oder anderen Komplikation und unerwarteter Tücke verbunden. Jetzt hatte Pierre aber auch einen Internetanschluss und eine E-Mail-Adresse, der Anfang war somit gemacht. Doch es dauerte noch Tage, bis er begriffen hatte, dass er nicht einfach den Deckel schließen darf oder die Off-Taste drücken, sondern den PC korrekt herunter fahren musste. Wir übten und übten, bis das einigermaßen klappte. Stolz meldete er sich rundherum bei den Angehörigen, Bekannten und Freunden, soweit sie über Internet erreichbar waren und berichtete, dass er mit seiner Frau ab sofort auch per E-Mail erreichbar sei. Jetzt konnte ihn sein Sohn aus Thailand direkt anschreiben. Viele Bilder aus unseren gemeinsamen Unternehmungen habe ich bei dieser Gelegenheit kopiert, aufgespielt und in einem Ordner bei ihm gespeichert, die er fortan mit seiner Frau bequem per Diaschau betrachten konnte. Meister sind die beiden allerdings nie geworden, aber immerhin, das Ehepaar blieb technisch gesehen „a jour".

Die Zeit ist nicht stehengeblieben und um sein 80. Lebensjahr herum wollte bei Pierre das Herz nicht mehr so richtig tun. Häufig litt er unter Herz-Rhythmus-Störungen und das beeinträchtigte seine Lebensqualität erheblich; tagelang fühlte er sich schlecht. Schon zweimal lag er zur Behandlung mehrere Tage im Bühler Krankenhaus, bis bei im Herzzentrum Lahr ein Herzschrittmacher implantiert wurde.

Bis dahin konnte er jedes Jahr mindestens einen Monat im April oder Mai und dann die Monate Juli bis Ende September in „Port la Nouvelle" verbringen. Es zeichnete sich aber nun deutlich ab, dass diese Ära in absehbarer Zeit zu Ende gehen würde. Der weite Weg von über 900 Kilometern fiel ihm schwer. Wie ich ihm mehrmals vorgeschlagen hatte, unterwegs einen Stopp einzulegen und in einem Motel zu übernachten, das wollten sie beide aber auch nicht. Mit dem Zug war es ihnen zu umständlich und eine Reise mit dem Flugzeug kam für Pierre schon gar nicht mehr in Frage. Da hatten sich anscheinend viele und unüberwindbare Hürden aufgetan.

Schon während seiner letzten Aufenthalte hatte er nach und nach die Garagen verkauft. Damit zeichnete sich überdeutlich eine zu Ende gehende Ära ab. Denn Garagen waren für ihn – etwas übertrieben gesagt – noch wichtiger wie die Wohnungen selber. Woher das kam konnte ich nie genau herausfinden. Offensichtlich war es für ihn nicht nur zur Sicherheit für sein Auto, sondern auch willkommener Stauraum und ganz einfach, Garagen konnte man nie genug haben. Vielleicht ist dieses Faible für Garagen den Franzosen allgemein eigen, denn am Urlaubsort gab es ganze Straßenzüge mit abschließbaren Garagen und nicht eine stand leer. Hier in Bühl sagte ihm einmal ein Bauunternehmer: „Wenn ich den Bauplatz hätte, dann stelle ich keine Garage drauf, sondern baue gleich ein mehrstöckiges Wohnhaus." Da sah ich einen entscheidenden Unterschied. Mir fiel dabei erst bewusst auf, dass in den letzten Jahrzehnten in Bühl einige Besitzer mit der Vermietung von Garagen an Angehörige der französischen Streitkräfte, so lange sie hier stationiert waren, ein Vermögen verdient hatten. Das sicherte ihnen eine lukrative, konstante Einnahmequelle bei geringsten Investitionen und ohne jegliche Mühe oder so gut wie keinem Aufwand.

Inzwischen war es ihnen sogar gelungen, für die kleinere Wohnung, das 1-Zimmer-Appartement, einen Käufer zu finden. Zugkräftiges Argument, und am Ende ausschlaggebend für die positive Entscheidung, war wieder die im Haus integrierte und dazugehörende Garage. Nun besaßen die Boisses dort nur noch ihr eigenes Feriendomizil mit 3 Zimmern, Küche und Bad und natürlich einer Garage.

Trotz des Herzschrittmachers wurde Pierre zunehmend gebrechlicher und er verspürte die negativen Seiten des großen Hauses. Die Zimmer verteilten sich über drei Etagen und die Schlafzimmer befanden sich ganz oben. Wenn es ihm schlecht ging, schaffte er es ohne Hilfe nicht mehr in den Schlafbereich zu kommen. Das Leben war ihm sehr beschwerlich geworden. Nachdem er zwei Nächte im Wohnzimmer auf dem Sofa zubrachte, trug ich ihn am dritten Abend ins Obergeschoss, damit er in seinem Bett etwas bequemer schlafen konnte. Kurzerhand ließ er sich dann auf meinen Rat schnellsten für 25'000 Euro einen Treppenlift einbauen und mit dieser Hilfe konnte er sitzend vom Eingang in die oberen Ebenen gelangen und auch seine etwas jüngere Frau schätzte fortan diese Annehmlichkeit.

Zwischendurch gab es durchaus wieder Phasen, wo sich Pierre körperlich wieder etwas besser fühlte und ich fand es verständlich, dass er gleich wieder Pläne geschmiedete. Gerne hätten beide noch einmal einige Wochen im Süden verbracht. „Das warme Wasser des Mittelmeers, die salzhaltige Luft und die angenehmen Temperaturen dort, tun uns so gut", hörten wir sie häufig seufzend schwärmen. Und sie wollten gerne ihre Freunde noch einmal sehen, direkt mit ihnen sprechen und hören wie es ihnen geht. Außerdem gibt es, wenn man so ein Anwesen hat, immer irgendetwas persönlich zu erledigen. Da waren Dinge mit der Bank zu regeln, mit der Gemeinde, dem Stromversorger und so weiter. An den Verkauf der Immobilie dachten sie inzwischen auch und wollten die nötigen Schritte in die Wege leiten.

Pierre war einsichtig genug und ihm war klar, dass er nicht mehr lange in der Lage sein würde, und er traute es sich auch nicht mehr zu, die große Entfernung selbst mit dem Auto zu fahren. Seine Frau Eleonore hatte zwar in jungen Jahren den Führerschein gemacht, weigerte sich dann aber zu fahren, nachdem ihr Mann, während sie am Steuer saß, immerzu Kommandos und Befehle gab oder ihr massiv hineinredete. In den letzten Jahrzehnten war sie nie mehr am Steuer gesessen und jetzt hatte sie keinen Mumm mehr dazu.

Mehrfach bot ich ihr an, dass ich mit ihr auf dem riesigen freien Gelände am Baden-Airport in Rheinmünster-Söllingen einige Zeit das Fahren übe. Auch ein paar professionelle Fahr-stunden mit einem Fahrlehrer hätte sie sich wohl leisten kön-nen, wenn sie gewollt hätte. „Nein, das will ich nicht machen, ich werde in meinem Leben nicht mehr hinter dem Steuer sit-zen", gab sie sich stur.

Da wurde die Idee geboren, dass ich sie doch in den Sü-den fahren könnte und meine Frau und ich verbringen bei die-ser Gelegenheit gleich ein paar Tage bei ihnen. Wenn sie dann nach Monaten zurückwollen, komme ich wieder und hole sie ab. Das fanden sie toll und sie waren unter der Bedingung ein-verstanden, dass wir im Oktober, wenn wir sie wieder abholen sollten, noch einmal eine Woche Urlaub anhängen und bei ihnen verbringen. Diese Sache war also geklärt. Sie gaben das okay und freuten sich auf die Zeit im Süden. Sämtliche Vorbe-reitungen wurden getroffen und sie kündigten den Freunden ihr baldiges Kommen an, dazu vereinbarten sie auch die Ter-mine bei der Bank und den Behörden.

Dann war es soweit, im Juni 2007 fuhren wir gemeinsam in meinem Auto nach Südfrankreich. Die nicht unerheblichen Mautgebühren und Benzinkosten hat Pierre voll übernommen. Das Appartement stand inzwischen nicht mehr zur Verfügung, das war aber keine Hürde, denn ihre Wohnung war groß genug und hatte ein zweites Schlafzimmer. Wir loggierten also im Gästezimmer. Früh morgens war Pierre schon unterwegs und besorgte beim Bäcker Baguette und Croissants und wir frühstückten gemeinsam. Überall haben sie ihren Bekannten berichtet, dass Freunde sie hierhergefahren haben und von allen Seiten bekamen wir deshalb Lob und Beifall. Erneut wurden wir überall hingeschleppt, vorgestellt und eingeladen.

Zwischendurch besuchte meine Frau und ich alleine Narbonne und den Canal de la Robine. Wir promenierten ein Stück am grasigen Ufer des Flachwassersees von Leucate, wo wir den aus allen Ländern Europas angereisten Seglern und Surfern zusehen konnten. Jeden Tag konnte uns Pierre nicht mehr begleiten, das wäre ihm zu anstrengend gewesen und war auch nicht nötig oder gewollt. Wir kannten uns ja gewissermaßen schon aus. Unsere Tage waren auch so angefüllt mit Aktivitäten, und wenn wir im Urlaub weilen, war das immer schon unsere Lebenseinstellung, dann wollen wir möglichst viel sehen und erleben. „Ausruhen können wir zuhause."

Nach einer Woche fuhren wir nach Hause und Eleonore und Pierre wollten bis Anfang oder sogar bis Ende Oktober bleiben. Bei dieser Gelegenheit sollte der Verkauf ihrer Wohnung in die Wege geleitet werden oder sogar über die Bühne gehen.

Ganz so lange hielten sie es dann doch nicht aus. In der letzten Septemberwoche rief Eleonore an und signalisierte: „Wir wollten gerne nach Hause gehen, kannst du uns holen? Kannst du Ende der ersten Oktoberwoche kommen?" und sie fügte hinzu: „Ein Hotelzimmer ist für euch schon reserviert."

Der Termin stand, doch ein nicht vorhersehbares Ereignis machte uns einen Strich durch die Rechnung und warf unsere Pläne kurzerhand über den Haufen. Meine Frau erlitt einen

Herzinfarkt und wurde vom Notarzt in die Klinik eingewiesen. Dort verbrachte sie eine Woche in ärztlicher Behandlung, bis sie nach sieben Tagen zwar das Krankenhaus verlassen durfte, doch eine Woche später zur mehrwöchigen Reha in die Herzklinik nach Bad Krozingen sollte.

Ich konnte einerseits für meine Frau wenig tun und andererseits wollte ich zu meinem Wort stehen. Nach kurzer Überlegung kamen wir überein, dass ich allein fahre. Telefonisch verriet ich Pierre nichts von der veränderten Situation. Ich wollte sie nicht schon im Vorfeld beunruhigen. Kurzum machte ich mich solo auf die Fahrt und erst bei der Ankunft offenbarte ich was vorgefallen war. „Wenn es sich machen lässt, würde ich gerne schon am nächsten Tag die Rückfahrt antreten, damit meine Frau nicht solange alleine sein muss", sagte ich.

Sie waren zuerst schockiert und betroffen, hatten aber Verständnis für meinen Wunsch. In aller Eile packten sie ihre sieben Sachen und alles was sie unbedingt mitnehmen mochten. Hinterher war mein Auto bis unters Dach vollgepackt. Sie informierten die zuständigen Stellen und alle Nachbarn über die vorgezogene Abreise. Der Abschied der beiden, bei ihren vielen Freunden war bewegend und es flossen viele Tränen. Alle Freunde und Bekannten waren gekommen und unausgesprochen stand im Raum, jeder wusste, dass es nach menschlichem Ermessen das letzte Mal war, dass man sich hier noch einmal gesehen hatte. Jedermann befürchtete, dass Eleonore und Pierre nie mehr hierher an diesen Ort kommen würden.

Nach langer Fahrt ohne Probleme, nur von kurzen Pausen unterbrochen, trafen wir in Bühl ein. Nun war tatsächlich ein für die Beiden wichtiger und bemerkenswerter Lebensabschnitt am Ende angekommen. Er hatte Jahrzehnte das Leben der Boisses bestimmte und geprägt. Das war nun endgültig und unwiederbringlich vorbei.

Maison des Sohnes Hugo mit Garten in Thailand

12

Ein erfülltes Leben endet

Seit Pierre aus dem Urlaub zurück war, baute er körperlich schnell ab, er wurde zusehends immer gebrechlicher. Die Tochter Jaqueline hatte vor Jahren eine Zusatzausbildung zur Altenpflegerin gemacht und war in diesem Beruf immer noch tätig. Häufig kam sie nun nach Bühl und zu den Eltern, sie blieb eine oder mehrere Wochen da und half dem Vater so gut es ging. Das beschränkte sich nicht nur auf tägliche Verrichtungen, sondern maßgeblich bei der Beschaffung benötigter Hilfsmittel. Sie kannte sich aus und wusste, wo bei der Krankenkasse und den Behörden was zu bestellen und zu bekommen ist. Auf diese Weise wurde die Toilette behindertengerecht hergerichtet, das Bad bekam einen Lift und andere Dinge, was dem Vater das Leben etwas erleichtern sollte.

Die finanziellen Dinge musste ebenfalls dringend geregelt werden. Das Ehepaar ging erneut zum Notar und erteilte der Tochter Jaqueline Vollmacht, dass sie in allen Dingen die Eltern vertreten durfte. Das bezog sich auch auf Bankgeschäfte, und soweit schien alles Wichtige für die Zukunft optimal geregelt zu sein. Die Tochter verbrachte mehr und mehr eine längere Zeit bei den Eltern und war an den Geburtstagen oder über die Weihnachtstage anwesend. Das tat den Eltern außerordentlich gut, denn gerade an solchen Tagen wie Weihnachten vermissten sie die Wärme einer intakten Familie schmerzlicher denn je und das, das Gefühl des Alleinseins, hatte sich im Alter verstärkt. Die alten Zwistigkeiten schienen längst vergessen zu sein und inzwischen herrschte wieder – zumindest nach außen hin – eitel Harmonie. Die Eltern waren froh über die Anwesenheit und Hilfe der Tochter und vertrauten ihr. Alles war, wie es schien, hin im Lot. Selbst Sohn Hugo verbrachte einige Wochen Urlaub in Europa, kam und blieb 14 Tage bei den Eltern und besuchte anschließend in der weiteren Rundreise gleich die Verwandten und einstigen Freunde in Frankreich, bevor er wieder nach Thailand zurückkehrte. Beide, sowohl Eleonore wie Pierre waren glücklich, dass sich die familiäre Situation auf ihre alten Tage hin soweit normalisiert hatte.

Leider dauert nichts im Leben ewig. Auf Sonne folgt Regen, auf den Winter der Sommer und geht es bergab, dann muss man oft mühsam wieder bergauf oder umgekehrt. So ist nun mal das Leben. Zwei Jahre waren seit den Tagen in „Port la Nouvelle" vergangen, da schlief Pierre 2009 friedlich ein, er war sanft verstorben. In den letzten Augenblicken seines Lebens lag er im Bett, schloss die Augen und schlief einfach friedlich ein. Die Tage zuvor hatte er sich schon nicht gut gefühlt, sondern unwohl und müde. Niemand hat aber mit einem so schnellen Ende wirklich gerechnet; am wenigsten seine Frau.

Bis zur Trauerfeier zog es sich etwas länger hin und das aus gutem Grunde, denn auch Hugo sollte die Möglichkeit haben, aus Thailand anzureisen und damit er kommen konnte, musste ihm die Mutter zuvor die Flugkosten überweisen. Bei der Beerdigungs-Zeremonie waren dann sowohl Jaqueline mit ihrem Mann, Hugo, wie auch die Enkelkinder und Urenkel anwesend. Weitere Trauergäste waren, neben vielen Freunden und Bekannten, der Präsident des Deutsch-Französischen Club und auch das französische Militär hatte hochrangige Offiziere als Abordnung gesandt. Sie standen im Angesicht der Trikolore und beim Spiel der Marseillaise militärisch stramm.

Der katholische Pfarrer von St. Peter und Paul in Bühl hatte den Verstorbenen nie in der Kirche gesehen. Kurz vor der Trauerfeier besuchte er aber Eleonore und bekam einige Informationen über das Leben des Verstorbenen. Damit hielt er eine treffende Trauerrede und pointiert beschrieb er den Charakter des Verstorbenen. Ohne Sentimentalität, es war eine würdige Trauerfeier und berührte die Herzen aller, die Pierre die letzte Ehre erwiesen haben.

Gemäß dem Wunsch des Verstorbenen wurde die Urne nach der Einäscherung auf dem Bühler Friedhof in einem anonymen Grab bestattet. Eine Gedenktafel des Militärs erhielt stattdessen im Garten beim Haus einen würdigen Platz. Die Tochter blieb noch einige Wochen in Bühl und stand der Mutter bei, half ihr über die erste Zeit der Trauer hinweg und das war wichtig. Das Ehepaar war über 56 Jahre eng verbunden, so dass es der Witwe außerordentlich schwer viel, nun ohne ihren Mann leben zu müssen. Früher hatte sie häufig geäußert: „Wenn mich Pierre verlässt, dann nehme ich Schlaftabletten und bringe mich um." Gut, wer laut darüber redet, tut so etwas meistens nicht, aber bei ihr musste man auf alle Überraschungen gefasst sein.

Um ihr Ablenkung zu verschaffen machten wir mit ihr Tagesausflüge und fuhren mit ihr ins Elsass, wir nahmen sie mit zu den Seniorennachmittagen in der Kirche und anderen Veranstaltungen. Das half in der Trauer und bald kam sie augenscheinlich mit der neuen Situation zurecht, wenn sie auch nicht glücklich war und oft klagte. Hilfreich waren ihr auch die wichtige Teilnahme an den gewohnten Treffen des Deutsch-Französischen Clubs, wo sie vertrauten Gesichtern begegnete. Sie engagierte sich in der „Bühler Schreibwerkstatt", einer

Senioreneinrichtung der Stadt, und auch aus ihrem Freundes-
kreis gab es alleinstehende Frauen, die mitfühlen konnten und
sie häufig zuhause besuchten. So vergingen schnell die nächsten Wochen, wenn auch mancher Tag geprägt war, durch Nie-
dergeschlagenheit und Ansätze von Depressionen. Negativ
kam hinzu, sie hatte zunehmende Sehschwierigkeiten und
konnte trotz neuer Brille nicht mehr gut sehen.

13

Untergetauchte kommen aus der Deckung

Gerade in diesen schweren Tagen stand die Tochter Jaqueline ihrer Mutter vorbildlich und hilfreich zur Seite, sie regelte alle Dinge, die es in einem solchen Falle zu tun gab, und das ist bekanntlich nicht wenig. Ob ihr Einsatz immer ehrlich und aufrichtig war oder nur aus Berechnung, konnten wir als Außenstehende nicht beurteilen, das ging uns auch nichts an. Jedenfalls bekam ich mit, dass sie viel zu tun hatte und sich engagierte. Alleine der Papierkram nach einem Todesfall ist beachtlich auch sonst gab es allerlei organisatorisch zu regeln. Von der persönlichen Hinwendung war schon die Rede und für Eleonore war dies sehr wichtig, auch wenn Mutter und Tochter beileibe nicht immer einer Meinung, ein Herz und eine Seele waren. Beide waren zeitweise wirklich arge Sturköpfe.

Kaum waren wenige Wochen vergangen und Jaqueline zwischendurch wieder einmal zu Hause, denn ihr Mann wollte sie ja auch gerne wieder einmal bei sich haben, da stand ihr als Sohn angenommen Enkel unvermittelt vor der Türe. Und wie selbstverständlich nahm ihn „Mami" auf, so wie wenn nichts gewesen wäre. Er tischte ihr nun alle möglichen Märchen auf und das Herz der Oma schmolz dahin. Das blieb Jaqueline natürlich nicht lange verborgen und schnell hörte sie die Alarmglocken laut schrillen. „Blut ist dicker als Wasser", war ihre Befürchtung. Immerhin war er der Sohn ihrer gemeinsamen

Tochter mit Pierre. Und Jaqueline sollte Recht behalten, was kam, ging weit über das hinaus, was sie vorausgeahnt und befürchten musste.

Fortan kam der Bursche mit wenigen Ausnahmen täglich zu Besuch und nach Wochen war er plötzlich im Haus eingezogen. Sein vorhandenes Mobiliar deponierte er in der Garage des Hauses. „Seine bisherige Wohnung sei ihm wegen Eigenbedarf gekündigt worden", gab er mir als fadenscheinige Begründung an. Wir waren uns jedoch sicher, dass er Mietrückstände hatte oder sie nur sehr unregelmäßig bezahlte und ihm deshalb gekündigt wurde. Das war aber noch lange nicht das einzige, womit er in der Kreide stand.

„Mami" übernahm seine Schulden, bezahlte die rückständige Miete und nicht nur das. Nach seiner Ummeldung an die neue Wohnanschrift stand kurz darauf, und das im Wochenrhythmus, der Gerichtsvollzieher vor der Tür und präsentierte von einem Dutzend Gläubigern einen Schuldtitel nach dem anderen. Er machte Forderungen im mittleren fünfstelligen Bereich geltend. Mit dabei waren annähernd 20'000 Euro an rückständiger Alimente für sein uneheliches Kind. Eleonore bezahlte und bezahlte. Seiner „Mami" schwindelte er vor, für einen großen Auftrag müsse er dringend eine neue Maschine kaufen, und für diese dubiose Anschaffung luchste er bei ihr 50'000 Euro heraus. Eine Maschine hatte er natürlich nicht gekauft, er hatte ja nur sporadische Beschäftigungen in einfachen Montagearbeiten bei einem Bühler Möbelhersteller. Das verschwieg er wohlweislich, und wenn Eleonore andeutungsweise von anderer Seite negative Informationen erhielt, dann ignorierte sie es oder bekam das bewusst nicht mehr mit.

Bei den Auszahlungen und Überweisungen höherer Summen, die Eleonore unterzeichnet hatte, rief die Sachbearbeiterin der Bank aber jeweils vorsichtshalber – und das zu Recht –

bei Jaqueline an. Diese hatte immer noch Bankvollmacht und sie bekam auch die Auszüge der Bank, somit war sie über alle Bewegungen aktuell informiert. Sie nahm entsetzt wahr, welche hohen Summen in kürzester Zeit abgeflossen waren. Bei einem Gespräches mit uns listete sie auf, dass bisher schon 130'000 Euro an Jean Luc überwiesen oder an ihn ausbezahlt worden waren. „Das geht alles zu Lasten unseres Erbes", klagte sie in Sorge.

Bei dieser Sachlage geriet sie menschlich nachvollziehbar zunehmend in Panik, sie fürchtete, dass sie und ihr Bruder Hugo, da sie nur die leiblichen Kinder von Pierre sind, am Ende leer ausgehen werden und vom Vermögen nichts mehr vorhanden sein würde.

Alles Reden mit der Mutter half nichts und damit nahm das Verhängnis nun seinen Lauf. Um noch etwas für sich zu retten, drängte sie immer mehr die Mutter auf Auszahlung des ihr zustehenden Erbteils. Nebenbei hatte Jaqueline auch feststellen müssen, dass die Hälfte einer umfangreichen und wertvollen Münzsammlung schon fehlte und andere Dinge von Wert waren ebenfalls nicht mehr auffindbar. „Das alles hat mit Sicherheit Jean Luc mitlaufen lassen und längst verscherbelt" mutmaßte sie.

Den Zweitwagen hatte Eleonore mit Hilfe der Tochter dem Händler zurückverkauft. Nun bekam Jaqueline, auf unser langes und gutes Zureden hin, den gebrauchten Mercedes vom Vater. Mehr wollte die Mutter vorerst nicht tun und keinesfalls sich bedrängen lassen. Von der Auszahlung eines Erbes wollte sie schon gar nichts wissen. Sie sah gar nicht ein, darüber auch nur mit ihren Angehörigen diskutieren zu wollen. „Ich bin nach dem Tode meines Mannes alleinige Erbin", behauptete sie steif und fest, was rechtlich so sicher nicht die ganze Wahrheit war, denn den Kindern steht ja nach dem Tode eines Elternteiles zumindest ein Viertel zu.

Sie berief sich auf eine mit ihrem Mann schon vor der Ehe getroffene Vereinbarung, dass aller Besitz und was auf den Konten in Frankreich ist, zu seinem Besitz zählen würde, und das was sie in Deutschland vorhanden ist, das bleibt in Eleonores Besitz. Dass eine solche Vereinbarung möglicherweise bei den erbrechtlichen Belangen keine Bedeutung hat, wollte sie nicht einsehen und zur Kenntnis nehmen. Die notarielle Testamentseröffnung war bisher anscheinend auch noch nicht erfolgt.

Natürlich hatten die Nachkömmlinge von Pierre ein Recht auf einen Teil des Vermögens ihres Vaters als gesetzlicher Anteil. Die Wohnung in „Port la Nouvelle" war aber auch noch nicht verkauft und vermutlich hatte der Notar auch keine Einsicht darüber, was in Frankreich überhaupt vorhanden war und eine Ermittlung der Werte hätte sich eine längere Zeit in Anspruch genommen, üblicherweise dauern solche Verfahren im günstigsten Falle ein oder zwei Jahr

Immer öfter gab es jetzt zwischen Mutter und Tochter verbale Auseinandersetzungen. Trotzdem oder gerade jetzt erst recht, war Jaqueline tagelang in Bühl und half der Mutter bei den noch zu erledigenden Dingen. Dazu gehörte auch der Verkauf der Ferienwohnung im Süden. Soweit möglich, wurde das mit dem dortigen Immobilienbüro von Bühl aus in die Wege geleitet und Interessenten gab es genug. Um die Sache endgültig unter Dach und Fach zu bringen, war Eleonore nach langem Drängen bereit und ist mit ihrer Tochter in den Süden geflogen. Am Flughafen in Nizza hatten sie ein Auto gemietet und sie verbrachten nach der Ankunft 14 Tage im einst so geliebten Ferienort, der zweiten Heimat von Eleonore.

Die Tage waren – den späteren Schilderungen nach – überhaupt nicht harmonisch, sondern geprägt von Zank und täglichem Streit. Beide Frauen zeigten sich als extreme Sturköpfe. Doch es gelang zumindest den Verkauf der Wohnung zu besiegeln und die notariellen Schritte abzuschließen. Der Zweit-Wohnsitz wurde abgemeldet und das bei französischen Banken vorhandene Guthaben, nach Eingang des Verkaufserlöses und Bezahlung aller offenen Rechnungen, auf Konten in Deutschland transferiert. Sämtliche Schritte waren wiederum mit Aufwand und Papierkrieg verbunden und deshalb brauchte Eleonore unbedingt die Hilfe der Tochter. Sobald das alles in die Wege geleitet war, flogen sie zurück nach Straßburg. Zu Hause sah man ihnen nach der Ankunft von weitem an, wie stressig diese Tage gewesen sein müssen. Beide wirkten übermüdet, waren abgemagert und sichtlich gezeichnet.

Ursprünglich hatte Eleonore sich gewünscht, dass die Einrichtung und Ausstattung der Ferienwohnung nach Bühl überführt wird. Nach ihrer Vorstellung war alles wie neu und im besten Zustand. Nur, wer wollte tatsächlich das alte Klump haben oder wo sollte es deponiert werden? Von meinen früheren Besuchen wusste ich, was tatsächlich vorhanden war und in welchem Zustand sich das Mobiliar, die Einrichtungsgegenstände und Haushaltsgegenstände befanden. Da lohnte es sich niemals den großen Aufwand zu treiben, der für einen Miet-LKW, für Hilfskräfte, die die Wohnung leerräumen mussten und am Ende alles nach Bühl transportierten, nötig gewesen wäre. Die Beauftragung eines Umzugsservices wäre noch unsinniger gewesen. Das hätte locker einen 5-stelligen Betrag erfordert.

Mit viel Überzeugungskraft sah Eleonore dann ein, dass dies keinen Sinn macht und sie nahm nur die persönlichen Dinge mit. Die Wohnung wurde schließlich mit der vorhandenen

Einrichtung, Geschirr und was sonst vorhanden war verkauft. Hinterher konnte der Käufer entscheiden, was er behalten wollte, was noch zu gebrauchen war und den Rest in Eigenregie entsorgen. Das war die einfachere und billigere Lösung.

So wurde es getan, denn renovierungsbedürftig war die Wohnung überdies auch noch. Ältere Menschen von solch weitreichenden Entscheidungen zu überzeugen ist immer schwierig. Naturgemäß hängen sie an den Sachen, mit denen sie ein Leben verbrachten. Da wird nicht mehr realisiert, dass manches 30 Jahre und älter war und überdies nicht mehr zeitgemäß oder unmodern geworden. Allen Beteiligten war hinterher klar, die getroffene Lösung war das Beste und Eleonore hat es schließlich akzeptiert, wenn auch nicht zu Hundertprozent eingesehen.

Wenige Tage nach der gemeinsamen Rückkehr fuhr die Tochter wieder nach Hause. Sie war mit den Nerven am Ende und sann verbittert darüber nach, welche Schritte sie zu unternehmen hatte, was sie tun sollte. Über alles war immer ihr Bruder in Thailand informiert und involviert. Von ihm bekam Eleonore kurz darauf die sich bedrückend anhörende Nachricht, dass er an Krebs erkrankt sei und dringend eine teure, medizinische Behandlung benötigt. „Hilf mir, es geht um sein Leben" bettelte er. „Seine Krankenversicherung reiche für die Kosten der Spritzen, die er dringend benötigt, und den stationären Aufenthalt in der Klinik nicht aus", klagte er weiter. „Ich brauche dringend von 30'000 Euro und bitte dich, dass du mir diese Summe als Vorschuss auf mein Erbe überweist, damit ich die Behandlung bezahlen kann."

Der Mutter wuchs das alles über den Kopf und das „Gezerre" um das Erbe nervte sie und war ihr zuwider. „Ich bin doch Alleinerbin von Pierre und ich lebe doch noch. Warum wollen die alle nur Geld von mir?", klagte sie ein ums andere Mal bei

uns. Sie tat mir leid und ich versuchte ihr mit Rat und Tat bei-
zustehen und zu helfen. Ob die geschilderten Umstände ihres
Sohnes der Wirklichkeit entsprachen, konnte ich nicht beurteilen oder einschätzen. Ich gab Eleonore aber den Rat: „Wenn
es tatsächlich so ist und du kannst mit deinem Geld helfen,
dann tue es. Du würdest dir später sonst nur Vorwürfe machen. Und gebe besser dein Geld mit warmen Händen, streiten
können sich die anderen nach deinem Tode immer noch lange
genug." Sie gab ihrem Herzen schließlich einen Ruck und
überwies die Summe nach Thailand.

Ich war mir sicher, er wollte nur auf Rat seiner direkten
Schwester etwas vom Vermögen für sich retten. Damit war die
Misere aber noch lange nicht zu Ende. Die Tochter Jaqueline
war inzwischen ebenfalls gesundheitlich schwer angeschla-
gen. Die Belastungen der letzten Monate haben möglicher-
weise mit dazu beigetragen. Sie brauchte wochenlange Behandlung in der Klinik und anschließende Reha-Maßnahmen.
Den Beruf als Altenpflegerin konnte sie danach nicht mehr in
Vollzeit ausüben und ging in den vorgezogenen Ruhestand.
Mit ihrem Mann kaufte sie eine Eigentumswohnung. Mit dem
Einkommen ihres Mannes und ihrer eigenen Rente war die
Kaufsumme gut finanziell verkraftbar und sehr wohl mit eigenen Mittel zu stemmen. Sie nahm den Kauf aber zum Anlass
und wollte von der Mutter 200'000 Euro aus dem ihr einmal
zustehenden Erbe haben. Dies lehnte Eleonore entschieden ab
und blieb stur.

Nun schien es, die Tochter dreht völlig durch. Sie beauf-
tragte einen Rechtsanwalt, der für die Mandantin die Auszahlung des Erbes einforderte und gleichzeitig wurde der Antrag
gestellt, die Geschäftstüchtigkeit der Mutter prüfen zu lassen
und sie unter Rechtspflege zu stellen. Begründet wurde es mit
weit fortgeschrittener Demenz. Die Anwaltsschreiben und die

beim Gericht eingereichten Anträge kamen, wie dies üblich ist, in Kopie zu Eleonore und die war entrüstet und tief gekränkt. Schon lange gab es Anzeichen einer zunehmenden Demenz. Bisher war sie aber durchaus noch voll auf der Höhe und sie begriff noch, um was es hier geht, und das war keinesfalls geeignet, das Mutter-Tochter-Verhältnis zu entspannen. Im Gegenteil, Eleonore war fassungslos und reagierte entsprechend. „So eine Unverschämtheit mich Entmündigen zu lassen, das lass ich ihr nicht durchgehen. Ich habe nun keine Tochter mehr", schimpfte sie wütend. Nicht einmal telefonisch haben sie danach noch miteinander geredet.

Die Tochter war überdies so unklug, den Vorsitzenden des Deutsch-Französischen Clubs, weitere Nachbarn von uns und auch uns als Nachbarn als Zeugen zu benennen. Wir sollten alle die fortgeschrittene Demenz bei Eleonore bestätigen. Das war weder mit uns abgesprochen, noch waren wir informiert. Jeder sagte sich: „Wie kommen wir dazu, so was zu bezeugen. Das kann doch nur ein Arzt feststellen." Sicher, Eleonore, unsere Nachbarin war in den letzten Jahren vergesslicher geworden. Wer wird das aber im Alter nicht – mehr oder weniger? Das Langzeitgedächtnis funktionierte jedenfalls noch sehr gut und von einer fortgeschrittenen Demenz war sie unseres Erachtens noch weit entfernt. Entsprechend war unsere Reaktion und wir verbaten uns, schon wegen Befangenheit in dieser Sache als Zeugen hineingezogen zu werden. Nebenbei nahm der Club-Vorsitzende mit einem Bühler Amtsgerichtsdirektor Kontakt auf, um Rat einzuholen und seine ablehnende Stellung in dieser Sache zu begründen.

Im Rahmen der gerichtlichen Auseinandersetzung ging es um das Erbe von Pierre und dem Erlös aus dem Verkauf der Ferienwohnungen und Garagen in „Port la Nouvelle". Dabei bezog das Gericht sowohl die Tochter Rahel in Amerika, wie auch Hugo in Thailand in das Verfahren ein und forderte von allen Angehörigen Stellungsnahmen ein; bei der Rahel in den USA und Jean Luc natürlich auch. Aus dem Vermögen des Vaters stand jedem der Nachkömmlinge ein gesetzlicher Erbteil zu und der Witwe die Hälfte. Dieser gesetzliche Anteil wurde der Klagenden und den anderen zugesprochen. Nach der Gerichtsentscheidung bekam Jaqueline somit eine gewisse Summe aus ihrem Anteil zugesprochen.

Ob das klug war, stand auf einem anderen Blatt. Sicher war, damit war sie raus aus dem Spiel, denn vom Vermögen der Mutter hatte sie nach menschlichem Ermessen nichts mehr zu erwarten. Eleonores eigenes Vermögen blieb unangetastet, sie lebt ja noch, und das war nicht minder beträchtlich. Denkt man nur an den Erlös aus dem Verkauf ihres Elternhauses in Mainz, und sparsam gelebt haben die Boisses ein Leben lang auch, wenn man von den Anschaffungen von Sachwerten einmal absieht. Nicht außer Acht lassen durfte man die regelmäßigen Einnahmen aus den Renten, die Pierre und Eleonore bezogen und später der Witwe in gewisser Weise erhalten blieben. Da kam monatlich einiges zusammen, dass nie sie vollständig verbraucht hatten und das Vermögen weiter vermehrte.

Während dieser unschönen Auseinandersetzungen vor Gericht ging Eleonore erneut und jetzt mit ihrem Enkel zum Notar und änderte die bisherige Verfügung, die sie noch mit Pierre getroffen hatte. Jetzt bestimmte sie ihren Sohn und zugleich Enkel zum Alleinerben und erteilte ihm Generalvollmacht über ihr gesamtes Vermögen. „Er ist mein richtiger Enkel und er kümmert sich jetzt mich, ist täglich da und hilft mir in allen Dingen", begründete sie den Schritt. Was sollte man dagegen sagen? Meine sorgenvoller Gedanken: „Bekäme das Pierre mit, würde er sich im Grabe umdrehen; aber letztlich ist es Eleonores Angelegenheit. Sie muss wissen was sie tut."

Zudem war sie meines Erachtens vom Notar darin nicht gut beraten, dem Enkel die uneingeschränkte Vollmacht zu erteilen. Damit wurde dem Missbrauch Tür und Tor geöffnet, und da sie zu diesem Zeitpunkt noch uneingeschränkt geschäftsfähig war und somit für ihre Entscheidung auch verantwortlich, konnte und kann ihr Enkel fortan unkontrolliert mit dem Vermögen umgehen wie er will. Er ist außer seiner Großmutter, die er offensichtlich gekonnt hinters Licht zu führen vermochte, niemand verantwortlich oder zur Rechenschaft verpflichtet.

14

Lebensabend im Seniorenwohnheim

Die Auseinandersetzung vor Gericht und die Konsultationen beim Rechtsanwalt waren irgendwann abgeschlossen und Geschichte: „Jaqueline ist nicht mehr meine Tochter, ich will mit ihr nichts mehr zu tun haben", hatte Eleonore resolut entschieden und wieder einmal herrschte, wie so oft in den vergangenen Jahrzehnten, Funkstille im Kontakt mit Jaqueline, Hugo und Rahel, die sich untereinander immer informierten und solidarisch gaben.

Trotz unterstützender Hilfe und Umsorgung, die sie durch uns und weitere Nachbarfamilien erfuhr, fehlte Eleonore schmerzlich ihr Mann und den konnten wir ihr natürlich nicht ersetzen. Er hatte immer alles geregelt und entschieden. Sie fühlte sich jetzt in allem überfordert und von ihrem verstorbenen Mann im Stich gelassen. Das schon hatte unmittelbare deutliche Auswirkungen auf ihren Allgemeinzustand.

Nun wurde sie mit dem Zwist in der Familie und was sonst über sie hereinbrach nicht mehr fertig. Häufig wanderte sie zum Friedhof, obwohl es dort aus dem erwähnten Grund und bewusst so gewollt, keine namentlich bezeichnete Grabstätte gab. Mit regelmäßigem Essen nahm sie es auch nicht mehr so genau und nun rächte sich, dass kochen ihr nie lag und Hausarbeit nicht ihre Stärke war. Für die Reinigung der

Wohnung hatte sie eine bezahlte Hilfe, das war also kein Problem, altersgerecht kochen und gesund essen schon.

Eine Anekdote aus den ersten Tagen ihrer Ehe mit Pierre soll das Dilemma mit ihren Kochkünsten verdeutlichen: Sie hatten gerade geheiratet und lebten nun im eigenen Haushalt zusammen. Nach Tradition und Sitte erwartete Pierre, wenn er mittags nach Hause kommt, dass ihm seine Frau ein Essen zubereitet hatte. Vom Kochen hatte die junge Ehefrau aber keine Ahnung. Sie hatte es anscheinend nie gelernt, weder während der Schulzeit noch zu Hause. Krampfhaft dachte sie darüber nach, was sie denn ihrem Mann auf den Tisch bringen könnte. Endlich hatte sie eine Idee, sie ging zum Metzger und besorgte Aufschnitt (für die, die den Begriff nicht kennen: Verschiedene Wurstsorten in dünne Scheiben geschnitten). Ihr Mann kam zum Essen und neugierig wollte er wissen: „Mon chéri, was gibt es denn heute zum Essen?" „Ich habe Aufschnitt gerichtet", war ihre Antwort. Pierre war zufrieden und die belegten Brote ließ er sich schmecken. Am nächsten Tag begann das gleiche Spiel. „Was soll ich denn bloß heute zum Essen auf den Tisch stellen?" Da fiel ihr ein, es ist doch gestern noch einiges vom Aufschnitt übrig geblieben. Der Mann kam nach Hause und fand zum Essen Aufschnitt auf dem Tisch. Das ging sieben Tage lang so, bis ihm der Aufschnitt – bei aller Geduld – zum Hals heraushing und er nun doch dazu etwas sagten musste: „Mon cher, ich möchte jetzt gerne einmal etwas anderes wie immer nur Aufschnitt zum Essen bekommen."

In der Not ging Eleonore zu ihrer Mutter und bat sie um ihren Rat. Diese hatte eine Lösung parat. In der Tageszeitung wurden regelmäßig Kochrezepte veröffentlicht. Diese hatte sie bisher ausgeschnitten und nun übergab sie die gesammelten Werke ihrer Tochter. Alle, die weiterhin erschienen hat sie dann ebenfalls ausgeschnitten und sorgfältig jedes Rezept in

ein Heft geklebt. Von diesem Zeitpunkt an kochte sie nach einem Rezept jeden Tag ein anderes Gericht und ihr Mann war
mit den Ergebnissen zufrieden. Trotzdem ist sie nie eine Ster-
ne-Köchin geworden. Die gesammelten Werke dieser in Hefte
eingeklebter Rezepte hatte sie aufbewahrt und waren immer
noch parat. Stolz präsentierte sie uns gelegentlich diese
Sammlung in der Runde - und in der Tat, es war zu einem Buch
angewachsenen. Wie sagt schon ein altes Sprichwort: „Dumm
darf man sein, man muss sich nur zu helfen wissen."

An ihrer Stelle kochte Pierre leidenschaftlich gerne und
übernahm später allgemein diesen Part; Eleonore machte allenfalls Schnittchen. Wenn wir bei ihnen eingeladen waren,
servierte er gerne sein Lieblingsgericht Couscous mit Lamm,
Hühnchen und pikantem Gemüse, und was er zubereitet, war
immer ausgesprochen delikat. Dabei ist die Zubereitung mit
feinem Weizengrieß, den Gemüsen und Fleisch relativ zeitauf-
wendig, doch war es fertig bereitet, war es ein kulinarisches
Gedicht. Da gab es noch diverse weitere Spezialitäten, die er
uns gerne servierte, und wenn er kochte, dann war das stets
so reichhaltig, dass er mit seiner Frau noch tagelang davon
essen konnte – oder musste. Und Aufschnitt gab es bei machen Gelegenheiten immer noch. Was da an Schnittchen dann
auf den Tisch kam reichte hinterher ebenfalls gut und gerne
noch für eine Woche.

Jetzt war Eleonore leider gezwungen, sich das Essen tatsächlich selber zu kochen. „Essen auf Rädern" zu bestellen,
was in Bühl eine empfehlenswerte Möglichkeit gewesen wäre,
kam nicht in Frage, das lag jenseits ihrer Vorstellung. Davon
wollte sie nichts wissen. Was lag also näher, als einmal in der
Woche einen großen Topf Suppe zu kochen und davon Tag für
Tag zu essen. Jeden Tag schob sie eine Portion in die Mikrowelle und fertig war die Mahlzeit, und abends gab es Auf-

schnitt. Durch die einseitige Ernährung, vielleicht auch wegen dem Kummer und den Sorgen, der seelischen Belastung, magerte sie in wenigen Monaten sichtbar ab. Immer wieder gaben wir ihr den Rat: „Ernähre dich einigermaßen ausgewogen mit vielem Gemüse und iss dazu frisches Obst." Wir hätten sie auch gerne öfters zum Essen eingeladen, das wollte sie aber auch nicht annehmen.

Derweil konnte Jean Luc ungehindert schalten und walten; niemand kontrollierte ihn und niemanden war er Rechenschaft schuldig. Nach dem Notartermin waren erst wenige Wochen vergangen, da war Eleonore plötzlich im Seniorenheim. Wir erfuhren, dass der Enkel ihr dort ein Einzelzimmer gemietet hatte und sie kurzerhand dorthin verbrachte. Dabei gaukelte er ihr vor: „Ich will meine Freundin in München besuchen. Das dauert nur 14 Tage und in dieser Zeit sollst du versorgt sein. Danach hole ich dich wieder in deine Wohnung zurück."

Das war reine Täuschung. Er war auch nicht in München oder wenn, dann nur kurz. Sein Auto stand fast täglich vor dem Haus in unserer Nachbarschaft. Vermutlich sichtete und durchsuchte er in aller Ruhe sämtliche Schränke und Schubladen, sah sich nach Verwertbarem um, damit er es nach und nach veräußern konnte. Da gab es zum Beispiel eine umfangreiche Briefmarkensammlung, neben der schon erwähnten Münzsammlung war auch Limoges Porzellan vorhanden, sowie Bilder, Drucke und vieles andere. Pierre war zeitlebens ein leidenschaftlicher Sammler gewesen, wenngleich er nicht auf allen Gebieten qualifizierte Kenntnisse besaß. Vermutlich sammelte er mehr nach aktuellen Modeerscheinungen oder einfach was ihm besonders gefiel. Und von dem, was er einmal gekauft hatte, was er besaß, trennte er sich nie oder nur ungern. Bei der „Mami" ließ sich Jean Luc dagegen nicht blicken, wie ich von ihr hörte, und er holte sie auch nicht wie versprochen wieder ab. Nach drei oder vier Wochen bekam sie Heimweh, machte sich alleine auf den Weg und wollte nach Hause.

Wie die Wochen zuvor, und es war deshalb auch kein Zufall, kam er genau zu diesem Zeitpunkt angefahren und sah seine „Mami" vor der Türe stehen, die versuchte die Türe mit ihrem Schlüssel zu öffnen. Das ging nicht, denn das Schloss hatte er schon ausgetauscht. Wie die Nachbarin sah und uns es hinterher entrüstet berichteten, packte der Enkel seine Oma unsanft am Arm und bugsierte sie schnurstracks in sein Auto, ein Mercedes SLC 280 und Oldtimer mit H-Kennzeichen. Kurzerhand brachte sie er sie wieder ins Heim zurück.

Wenige Tage später stand ein neuer Mercedes CLS 500 vor der Türe. Zum Neuerwerb von mir daraufhin angesprochen, gab er an, dass er sich von seinem alten Fahrzeug hatte trennen müssen, denn die Instandhaltung hätten sich nicht mehr rentiert. Man musste es stirnrunzelnd zur Kenntnis nehmen, denn der SLC hatte ein H-Kennzeichen, das heißt, auf Grund des Alters war er ein Oldtimer, und dieser Typ war unter Liebhabern sehr gefragt und war entsprechend viel Wert. Möglicherweise hat er ihn auch beim Neukauf günstig in Zahlung gegeben.

Im Heim erfuhr ich, dass Jean Luc als Betreuer und Generalbevollmächtigter das Zimmer gemietet hat und dort trat er als alleiniger Ansprechpartner auf. Nur die Heimleitung hatte seine Handy-Nummer, wusste wo er zu erreichen sein würde. Seinen offiziellen Wohnsitz hatte er tatsächlich zur Partnerin nach München verlegt, erklärte jedoch, alle 14 Tage in Bühl zu sein und der Heimleitung, wenn nötig zur Verfügung zu stehen.

Im nächsten Schritt betrieb er zielstrebig den Verkauf des in bester Lage vorhandenen Reihenhauses, sowie der Eigentumswohnung in der Nachbarschaft. Die Zimmer des Reihenhauses wurden in weniger als 14 Tagen leergeräumt. In dieser Zeit stand ein großer Container vor dem Haus und alles landeten darin; Möbel, Kleidung, Geschirr. Davon ahnte die Großmutter natürlich nichts. Bei ihr hatte der Enkel behauptet: „Die Möbel sind in Achern in einem Lager untergestellt, bis du wieder eine eigene Wohnung hast."

Eine der Nachbarinnen besuchte Eleonore im Heim und berichtete ihr entrüstet: „Dein Enkel hat alle deine Möbel in den Müll geworfen, warum lässt du das zu?" Eleonore hat die Tragweite nicht begriffen oder wollte es nicht. Immer noch glaubt sie, dass ihre Sachen in Achern eingelagert sind. Die Nachbarin blieb hartnäckig, denn sie kannte die Vorgeschichte zum Enkel und wusste vieles aus eigenem Miterleben. Darum sprach sie Eleonore direkt darauf an, „warum hast du dich denn ins Heim abschieben lassen, wir hätten uns doch um dich gekümmert. Meine Tochter und ich hätten uns bei der Betreuung abwechseln können und du hättest in deiner eigenen Wohnung verbleiben und leben können."

Erklärend sei angemerkt, dass die Tochter der Nachbarin schon seit Jahren einmal wöchentlich die Wohnung der Boisses gereinigt hatte und dafür jeweils 50 Euro in bar vergütet erhielt. Die Einnahme fehlte nun der Frau und man kann sich gut denken, dass beide – Mutter und Tochter – gerne für eine adäquate Bezahlung die Betreuung übernommen hätten. Diese als Rumänen-Deutsche einmal eingewanderte Nachbarsfamilie gehörte mit zu den regelmäßig eingeladenen Gästen, sie waren bei Geburtstagen, Neujahr und anderen Feiern dabei. Man kannte sich und sie kannten die Verhältnisse aus dem Effeff.

Der Filius erfuhr durch Eleonore vom besagten Besuch und des für ihn unangenehmen Gesprächs. Prompt rief er telefonisch bei der Nachbarin an und machte sie lautstark „zur Sau".

„Wie kommen sie dazu meine Mutter zu besuchen und ihr solche Hirngespinste in den Kopf zu setzen. Meine Mami ist gut versorgt wo sie ist und wird professionell betreut. Ich verbiete ihnen jeglichen weiteren Kontakt und jeden Besuch."

Wie wir später erfahren mussten, verbot er selbst den Käufern des Hauses und der Wohnung Kontakte zur Großmutter aufzunehmen und begründete es so: „Meine Mami ist dement und wenn sie an ihren alten Lebensbereich erinnert wird, regt es sie zu sehr auf. Das schadet ihr und ich will nicht, dass sie an Heimweh leidet. Es geht ihr gut und sie soll sich, da wo sie ist, besser einleben können."

Für das Reihenhaus hatte ein Bruder des unmittelbaren Nachbarn Kaufinteresse gezeigt und mit ihm wurde Jean Luc auf kurzem Wege handelseinig. Dieser erhielt den Zuschlag. Weder ein Makler noch ein Sachverständiger mussten eingeschaltet werden, Hauptsache, das Objekt – wertmäßig um die 400'000 Euro – ging schnell genug weg. Die Eigentumswohnung wollte der langjährige Mieter kaufen, der zu Eleonore und Pierre gleichfalls ein sehr gutes nachbarschaftliches Verhältnis pflegte, und er bekam sie auch. Eleonore war noch kein halbes Jahr im Seniorenheim, da waren beide Objekte verkauft und an die neuen Besitzer übertragen.

Wenn er dann in längeren Zeitabständen sich im Heim sehen ließ, fuhr er mit dem neuen Mercedes vor und der stand auf dem großen Parkplatz vor dem Haus. Das fiel der Großmutter gar nicht auf und selbst wenn sie das Auto gesehen hätte, vom Wert dieses Luxuswagens hatte sie keine Ahnung.

Öfters, wenn auch nicht regelmäßig sah ich bei Eleonore im Seniorenheim vorbei und dabei gewann ich durchaus den Eindruck, dass sie sich an das Unvermeidliche, in die neue Situation geschickt hatte; sie schien mir zumindest nie unglücklich zu sein. Immer wieder betonte sie: „Es geht mir gut, ich habe ein schönes Leben gehabt." Dann kahm aber prompt der wehmütige Nachsatz: „Wozu lebe ich noch, warum hat mich mein Pierre verlassen und hier alleine zurückgelassen? Wenn ich wüsste, dass es dann wirklich zu Ende ist, würde ich irgendwo in die Tiefe springen."

Sie bewohnte ein ausreichend großes Zimmer und darin sah ich einige ihrer persönlichen Dinge aus der alten Wohnung. Das eingerahmte Bild ihres Mannes von der Trauerfeier gehört dazu.

Im Haus gab es Gesprächspartner genug, wenn sie das Bedürfnis nach Unterhaltung gehabt hätte. Daran fehlt es nicht. Im großen Aufenthaltsbereich saßen bisher einige Bewohner des Hauses und es gibt auch eine Cafeteria und einen großen Speisesaal. Wenn ich sie aber besuchte, saß sie von wenigen Ausnahmen abgesehen, immer alleine irgendwo. Das war früher nie ihre Art; sie war ein Leben lang kontaktfreudig und gesprächig und führte auch gerne das Wort. Die Frau hatte Bildung, verfügte über ein umfangreiches Wissen, war viel gereist, hatte viel erlebt und gesehen, sie kannte sich aus, da gab es eigentlich genug Themen für zeitfüllende Gespräche. Ihre niedergeschriebenen Geschichten hätten alleine ein Buch gefüllt. Früher hatte sie in Gesellschaft gerne die eine oder andere Anekdote aus ihren Aufzeichnungen vorgelesen. Jetzt war nichts mehr dergleichen, das Interesse an allem schien verloren gegangen zu sein, was einerseits der Demenz, andererseits dem Desinteresse einer nicht mehr befriedigenden Lebenssituation geschuldet gewesen sein mag.

Ihre Missmut und Unzufriedenheit wurde verstärkt, weil sie trotz Augenoperation und angepasster Brille nicht mehr gut lesen konnte. Kreuzworträtsel lösen, in Büchern lesen, Rätselsendungen im Fernsehen verfolgen und dabei mit raten, das war in den letzten Jahren ihre Leidenschaft. Lesen ging nunmehr nur noch mit Hilfe einer Lupe. Selbst Fernsehen macht ihr noch mehr Mühe. „Der Bildablauf", klagte sie, „verläuft zu schnell, da komme ich nicht mehr mit und mir wird schwindelig." So war durchaus verständlich, dass sie keine Freude mehr am tristen Alltag und dem Leben empfand.

Im nächsten Sommer durfte Eleonore den 80. Geburtstag feiern. Tatsächlich hatte der Enkel mit der Hausverwaltung eine kleine Feier im Aufenthaltsraum arrangiert und meine Frau und mich eingeladen. Anwesend waren dann auch der Vorsitzende des Deutsch-Französischen Club und seine Frau. Selbstverständlich hätte ich die Jubilarin auch ohne die Einladung besucht und ihr zum runden Geburtstag gratuliert. So gefiel es mir aber umso besser. Zur Feier war für mich überraschend ebenfalls die Tochter Rahel aus Amerika anwesend. Entweder hat sie die Gelegenheit beim Schopf gepackt oder ihr Sohn hat sie dazu gebeten, und sehr gut möglich ist – wie ich vermute – ihr die Reise auch bezahlt. Und Mutter und Sohn taten so, wie wenn nie etwas Ungewöhnliches gewesen war, umsorgten und bemutterten die betagte Jubilarin, dass es auf uns nur peinlich wirkte. Zugegeben, wir waren vielleicht mit unseren Kenntnissen auch zu befangen.

Ehrlich gesagt begrüße ich es, wenn Familien wieder zusammenfinden und wir hätten Eleonore das von Herzen gegönnt, wenn dies früher gekommen wäre. Und wenn es schon so war wie es ist, dass sie an diesem Tag alle ihre Angehörigen um sich gehabt hätte, so wie sie es sich seit Jahren wünschte. Die Tochter Jaqueline und Hugo, sowie deren Enkelkinder und Urenkel waren nicht eingeladen, oder wenn sie es waren, sind sie nicht erschienen. Ob sie telefonisch oder schriftlich gratulierten, habe ich nicht nachgefragt oder feststellen können. Wichtiger war für mich, Eleonore hatte eine schöne Feier und viele Leute aus dem Haus ergänzten die Schar der Gratulanten, waren da und trugen Gedichte wie auch Musik- und Gesang-stücke vor; die Jubilarin war – wie in früheren Zeiten – Mittel-punkt und darüber sichtbar glücklich.

Bei weiteren Besuchen klagte sie allerdings dann wieder darüber: „Niemand außer dir lässt sich bei mir sehen." Sie wusste nicht, dass ihr Enkel überall verbreitet hatte: „Es sind keine Besuche bei Mami gewünscht", und ihre Nachbarn und Bekannten aus dem früheren Umfeld ließen sich auf diese Weise abhalten und waren deshalb sogar ein wenig missmutig.

Das Jahr ging zu Ende und Mitte Februar im nächsten Jahr bat mich der Vorsitzende des Deutsch-Französischen Clubs wegen Eleonore um ein Gespräch. Ich traf mich kurz da-rauf mit ihm in einem Lokal in der Stadt. Dabei wollte er von mir wissen, „weißt du wie es um die Versorgung und Finanzen von Eleonore steht, kannst du mir etwas dazu sagen?" Ihn be-unruhigten Auffälligkeiten bei den letzten Clubsitzungen. Im Dezember hatten sie Eleonore wie die Monate zuvor, wenn sie gesund war und dabei sein wollte, zum monatlichen Treffen abgeholt. Die Ausgaben für Essen und Getränke trug jeder bei solchen Zusammenkünften immer selber. Doch Eleonore hatte weder Geldbeutel noch Geld dabei. Der Vorsitzende übernahm die Zeche. „Die etwa 20 Euro tun mir nicht weh und ich tat es gerne im Blick auf unsere langjährige Freundschaft", fügte er glaubhaft an.

Im Januar war eine weitere Zusammenkunft und dann An-fang Februar die letzte, die finale Sitzung aller Mitglieder, denn der Club sollte als Verein aufgelöst werden. Die französischen Streitkräfte waren längst aus Bühl abgezogen und mit ihnen viele frühere Mitglieder. Nicht wenige sind inzwischen auch verstorben und um Neumitglieder, vor allem um jüngere Men-schen, hatte man sich nie bemüht und es versäumt anzuwer-ben. So gab es nur noch wenige und überwiegend passive

Mitglieder, die übrig geblieben waren. Dazu mangelte es an Bereitwilligen in der aktiven Mitarbeit der Vereinsarbeit und bei vielen inzwischen auch an der Mobilität. So war die Sitzung zur Auflösung terminiert worden und dazu hatte er auch Eleonore als Stimmberechtigte abholen lassen. Die Auflösung wurde satzungsgemäß beschlossen und dem Registergericht zugeleitet.

Bei der Bezahlung des Verzehrs und der Getränke stellte er wiederum fest, Eleonore hatte überhaupt kein Geld dabei, keinen Euro, und das machte ihn nun doch sehr stutzig. Sowas kannte er bei ihr nicht. Wieder übernahm er die Kosten aus seiner Tasche, wollte es aber dabei nicht einfach so bewenden belassen, denn er vermutete mehr dahinter.

Zuerst besuchte er Eleonore im Heim und stellte ihr direkt die Frage: „Eleonore hast du Geldprobleme?" Sie war ein wenig pikiert, wusste aber nicht, ob und wo sie einen Geldbeutel besitzt und ob sie noch eine Bankkarte hat. Der Mann ließ nicht locker und ging zur Verwaltung und wollte Auskunft haben, was los ist. Die Leiterin konnte ihm nichts Näheres sagen und kümmerte sich auch nicht um die finanziellen Angelegenheiten von Frau Boisse. Für sie war der Enkel der Ansprechpartner und von dieser Seite gab es bisher keine Auffälligkeiten.

Sie reichte ihm aber die Handynummer des Enkels und den hatte er auch sofort an der Leitung. Vermutlich hatte Jean Luc auch an Hand der Rufnummer die Verwaltung hinter dem Anruf erwartet. Der tat überrascht und es entstand sofort ein heftiger Disput. Vollmundig wollte er wissen, „was ihn, den Vorsitzenden, denn die finanziellen Angelegenheiten seiner Mutter angehen würde?" Der Vorsitzende war Jean Luc aber wohl als gewandter, welterfahrener und unerschrockener Mann bekannt, denn dieser war früher ein sehr erfolgreicher

Unternehmer, und da war es nicht angebracht, sich mit ihm anzulegen. Das wusste der Filius wohl. Er wich aus, verriet aber dann doch, dass in einem genannten Schrank an einer bestimmten Stelle der Geldbeutel liegt und dort sei immer etwas Bargeld drin. In Anwesenheit der Verwalterin sah der Mann sofort nach und der Geldbeutel war tatsächlich am beschriebenen Platz und er enthielt etwa 50 Euro. Damit konnten die Auslagen für Eleonore ausgeglichen werden und die Sache wäre eigentlich erledigt gewesen.

Während dieser Aktion hatte der Mann aber bewusst mitbekommen, dass der Enkel für alle geschäftlichen Dinge seiner Großmutter zuständig war, und dass er nur unregelmäßig vorbeischaute. Zu mehr bekam er keine Auskünfte. Ihm war aber zudem bekannt, dass sowohl die Anwesen in Südfrankreich, ebenso die Immobilien in Bühl verkauft worden waren und das Auto der Luxusklasse war ihm ebenfalls schon aufgefallen und hatte bei ihm ein Stirnrunzeln verursacht. Da konnte er gut zwei und zwei zusammenzählen. Natürlich wusste er aus früheren Besuchen bei Eleonore und Pierre aus deren Schilderungen auch von den Differenzen und Zerwürfnissen mit der Tochter in Amerika, sowie den Eskapaden deren Sohnes. Ihm war schon auch aufgefallen, dass Rahel, diese Tochter, bei der 8oer-Geburtstagsfeier mit anwesend war. „Wer hat das alles bezahlt?", wollte er wissen. „Da ist doch etwas oberfaul", war seine Sorge. „Wer kontrolliert denn den Enkel?", wollte er wissen. „Was ist, wenn der alles verprasst und am Ende nichts mehr auf dem Konto ist? Dann muss die Allgemeinheit für die Heimkosten aufkommen. Sowas kann doch nicht sein." Seine Sorge war nicht unberechtigt und solche Fälle gibt es zuhauf.

Zu meinem Bedauern konnte ich nicht weiterhelfen, denn in die notariellen und gerichtlichen Vereinbarungen hatte ich keinen Einblick und ich wusste nur, was mir Eleonore persönlich dazu berichtet hatte. Inzwischen blickte sie nach meinem Empfinden tatsächlich auch nicht mehr durch und war nicht mehr in der Lage, fundierte Auskünfte zu erteilen.

Der Vorsitzende hatte bei der ein Jahr zuvor von Jaqueline aufgezwungenen Auseinandersetzung Gespräche mit dem Amtsgerichtsdirektor in Bühl geführt. Mit dem nahm er wieder Verbindung auf, ließ sich erneut einen Termin für ein Sondierungsgespräch geben und bat mich, als Vertrauten dabei anwesend zu sein. Dies machte ich natürlich gerne, denn ich war Pierre einfach schuldig, ein Auge auf das was geschieht zu haben, und wenn es auch nur aus diplomatischer Distanz sein konnte. „Wenn Eleonore einmal gestorben ist, dann ist mir egal, was die Angehörigen mit dem Erbe machen. Jetzt ist es aber noch zu früh dazu und sie soll keineswegs ein Sozialfall werden“, das war auch meine Intension.

Der Amtsgerichtsdirektor hatte bei unserem Gespräch die Akten der früheren Auseinandersetzungen vorliegen. Dazu gehörten die Dokumente der notariellen Vereinbarungen. Wir schilderten den aktuellen Stand aus unserer Wahrnehmung und drückten unsere Befürchtungen aus, dass die Gefahr bestand, dass hier eine hilflose Frau brutal ausgebeutet wird und am Ende ein Fall für den Sozialstaat wird.

Der Richter wollte das nicht von der Hand weisen, konnte uns aber nicht helfen. „Leider sieht es rechtlich so aus“, sagte er, „dass Frau Boisse eine gültige Generalvollmacht erteilt hat. Der Bevollmächtigte kann in der Tat uneingeschränkt das Vermögen verwalten und darüber verfügen, er muss darüber niemanden Rechenschaft ablegen. Eleonore untersteht keiner Pflegschaft, und nur wenn nachgewiesen würde, dass sie zum Zeitpunkt der Bevollmächtigung nicht mehr geschäftsfähig war, müsste er von Rechts wegen einschreiten. Da aber alles von einem Notar ordentlich besiegelt worden war, würde er geringe Chancen für einen solchen Fall sehen."

Das was wir hörten, war wenig erfreulich und nährte unsere Befürchtung, dass der Enkel die Großmutter nach Strich und Faden ausbeutet, und wenn irgendwann kein Geld mehr da ist, dann taucht er weg. Der Richter erklärte sich trotz der eindeutigen Sachlage bereit, mit der Verwalterin des Seniorenheims Kontakt aufzunehmen, um von ihr Auskünfte einzuholen. Außerdem wollte er, wenn er uns namentlich nennen darf, als Antragsteller auf gerichtlichem Wege eine Stellungnahme bei Jean Luc anfordern. Damit soll zumindest signalisiert werden, dass jemand da ist, der ein Auge auf seine Aktivitäten hat, mit der Hoffnung verbunden, es hindert ihn etwas, bei der möglichen Ausbeutung zu weit zu gehen. Das Schreiben des Gerichts ging auch dort ein, denn mehrfach versuchte Jean Luc anschließend den Vorsitzenden telefonisch zu erreichen. Das gelang ihm nicht, denn der befand sich mit seiner Frau gerade im Auslands-Urlaub. Und auch bei mir zeigte das Display des Telefons, dass er dreimal während meiner Abwesenheit versuchte hatte mich zu erreichen. Dann hörten wir nichts mehr und bei Rückrufversuchen bekam ich keine Verbindung.

Von Eleonore wurde mir danach weiterhin bestätigt, dass ihr Enkel gelegentlich vorbeikommt und sie besucht, selten zwar, aber immerhin. Von den Heimmitarbeiterinnen war sogar zu hören, dass im Sommer auch die Tochter Rahel mit ihrem Mann aus Amerika einmal zu Besuch im Hause waren.

Wie wird es sich weiter entwickeln? Wir werden sehen. Es ist uns bewusst, die geschilderten Lebensumstände und das Schicksal eines französischen Bürgers und einer Deutschen ist kein Einzelfall. Dazu stellt sich bei der Betrachtung sehr wohl die Frage: „Ist Geld ein Segen oder ein Fluch." Jeder mag es für sich beantworten.

Wie die Bibel berichtet stellte schon der weise König Salomo fest,: „Ich, ja ich hasste all meine harte Arbeit, an der ich hart arbeitete unter der Sonne, die ich für den Menschen zurückließe, der nach mir da wäre. Und wer ist da, der weiß, ob er sich als weise oder töricht erweisen wird? Doch wird er die Herrschaft übernehmen über all meine harte Arbeit, an der ich hart arbeitete und bei der ich Weisheit bekundete unter der Sonne. Auch das ist Nichtigkeit. Denn da ist der Mensch, dessen harte Arbeit mit Weisheit und mit Erkenntnis und mit Tüchtigkeit getan worden ist, aber einem Menschen, der nicht hart an einer solchen Sache gearbeitet hat, wird der Anteil jenes Menschen gegeben werden. Auch das ist Nichtigkeit und ein großes Unglück" (Prediger 2,18-21).

Weiter bemerkte er: „Ein Erbe wird zuerst durch Gier erlangt, seine Zukunft aber wird nicht gesegnet sein" (Sprüche 20,21).

Es gäbe noch viele weitere solcher mahnenden Hinweise zu diesem unerschöpflichen Thema, auch aus anderen Quellen der Literatur, die sich endlos mit dem Erben auseinandersetzen, die deutlich warnen oder gute Ratschläge erteilen.

15

Nachbarschaft

In jeder Stadt und manchen Zinken,
find' man sie zur Rechten oder Linken,
Von Nachbarn, davon ist hier die Rede,
die gibt es überall, da wo ich lebe.

Hier und da hörte ich von Leuten,
die Nachbarnähe wahrlich scheuten.
Auch solche darf man nicht vergessen,
mit denen „ist nicht gut Kirschen essen".

Doch ist dein Nachbar dir gewogen,
hast du das große Los gezogen.
Da gibt ein jeder gerne was er mag,
und erfreut sich des Andern jeden Tag.

Ob Alt, ob Jung, was macht das schon,
es zählt immer nur der Umgangston.
Man lässt sich von guten Taten leiten,
ja, Leute, tut nicht immer streiten.

Wenn jeder denkt nur positiv im Leben,
dem andern will sein Bestes geben,
da lebt die Nachbarschaft in Harmonie,
und Gleichklang wird zur Sympathie.

16

Nachruf anlässlich der Trauerfeier für Pierre Boisse

Die Familie des verstorbenen Pierre Boisse hat mich gebeten im Namen seiner deutschen Freunde, Bekannten und Nachbarn bei dieser Trauerfreier einige Worte zu sprechen. Dieser Bitte komme ich gerne nach.

Ein guter Kontakt zu Nachbarn, Bekannten und Freunden zu haben, neben seinen vielen französischen Freunden, das war für Pierre und seine Frau Eleonore stets ein Herzensbedürfnis und das pflegten sie an vielen Stellen wie zum Beispiel im Deutsch-Französischen Club.

So ist aus anfänglich nachbarschaftlichen Kontakten zu uns – meiner Frau und mir – in über 20 Jahren eine echte Freundschaft entstanden. Es kam bei Pierre von ganzem Herzen, wenn er seine Begrüßung stets mit „mon ami" einleitete und sie sich über jeden Besuch ehrlich freuten.

Wir erinnern uns sehr gerne an viele gemeinsame Feiern anlässlich von Geburtstagen und Jubiläen. Vor einigen Jahren durften wir an der Goldenen Hochzeit, die Pierre mit seiner Eleonore feierte, teilhaben. Besondere Einladungen folgten, wenn Pierre wieder einmal eine hohe militärische Auszeichnung, einen bedeutenden Orden erhielt, und das waren mehrere in den letzten Jahren. Ihm war es sehr wichtig, die eng mit ihm verbundenen Familien zu Traditionsfesten seiner französischen Freunde nach Baden-Baden – als dort noch französisches Militär war – später nach Straßburg oder anderen Orten im Elsass einzuladen und mitzunehmen. Ja, er war gesellig und hatte gerne Menschen um sich, die er schätzte, die ihm vertraut waren.

Seine zweite Heimat war „Port la Nouvelle" in Südfrankreich geworden. Auch da durften wir mehrmals einige schöne Urlaubstage mit Eleonore und Pierre verbringen und erlebten, wie viele Freunde und Bekannte ihn auch dort umgaben.

Ich weiß nicht, wie viele seiner Freunde in Jahrzehnten schon zum legendären Couscous-Essen eingeladen wurden. Solch ein Festtagsmahl hat aber sicher hinterher kein Teilnehmer jemals vergessen. Dann, nachdem das nicht mehr so gut ging, lud er einfach zum Essen beim Chinesen ein.

Es ist unmöglich, in nur wenigen Minuten den Menschen Pierre Boisse umfassend zu würdigen, deshalb in Kürze das Wesentliche: Er schätzte eine ehrliche Freundschaft und es war ihm wichtig, diese auch mit allen seinen Kräften zu fördern. Da half er wie selbstverständlich und gerne, wenn es nötig war. Es lag ihm ebenso sehr am Herzen, gute Kontakte zu allen Bekannten und Nachbarn zu pflegen. Gerne lud er unkompliziert einfach zu einem Aperitif ein oder man traf sich spontan nach einem Silvesterfeuerwerk auf ein Glas Sekt. So lebte er im wahrsten Sinne des Wortes deutsch-französische Freundschaft und praktizierte gutes menschliche Miteinander.

Es war Pierre vergönnt, gesund, rüstig und geistig vital 84 Jahre alt zu werden, bis erstmals vor etwa zwei Jahren Herzprobleme spürbar wurden. Besonders das letzte halbe Jahr bereitete ihm dann doch große Beschwerden. Aber immer noch widmete er sich mit klarem, wachem Geist seiner Umgebung.

Wir wollen nun gerne seine Art, sein Wesen, seine Freundschaft und seine Hilfsbereitschaft im Gedächtnis behalten und nichts davon vergessen. Ich wünsche ihm aber, dass er

nun im anderen Leben volle Genugtuung findet, weil er nicht nur im Leben seine Pflicht getan hatte – und als ehemaligem Militär was das für ihn eine Lebenshaltung – sondern er weiß: „Ich habe viel Gutes getan und somit unauslöschliche Spuren hinterlassen.
Au revoir, Pierre

Leser-Information zu Walter W. Braun

Der Autor, Jahrgang 1944, ist Kaufmann mit abgeschlossenem betriebswirtschaftlichem Studium. Bis zum Ruhestand war er als Handelsvertreter aktiv. Um dem Tag Sinn und Struktur zu geben, begann er Bücher zur eigenen Biografie oder Fiktionen zu unterschiedlichen Themen – teils mit realem Hintergrund – zu schreiben. Es ist ein Zeitvertreib und spannend, wie sich von einer Idee, der Bogen zwischen fiktiver Geschichte hin zu einer schlüssigen Story entwickelt. Wichtig ist es dem Autor, dem Leser ohne große Schnörkel und literatursprachlichen Raffinessen, Unterhaltung zu bieten, oft ergänzt mit seiner subjektiven Meinung. Er will durch seine Erzählungen zudem Hintergrundwissen vermitteln, Hinweise auf landschaftliche oder historische und geschichtliche Besonderheiten geben und mit informativ bildhafter Darstellung an reale Plätze führen, wo sich die dargestellte Handlung abgespielt hat. Wenn es den Leser anregt sich selbst vom Handlungsort, den Schauplätzen, ein Bild zu machen, ist das Ziel erreicht.

www.schwarzwaldautor.de

Weiterlesen? Im Handel erhältliche Titel des Autors:

Alle Bücher sind kurzfristig bei BoD, Buecher.de (versandkostenfrei), Amazon und anderen im Internethandel erhältlich, ebenso im örtlichen Buchhandel, sowie als E-Books.

Mehr: www.schwarzwaldautor.de

Leben ist Glück genug - Vom Schwarzwald zur Seefahrt bei der Marine
Paperback, 280 Seiten, 8 Farbbilder, ISBN 9-783-735-743-411
Aufwärts ist längst nicht oben
Paperback, 356 Seiten, 35 Farbseiten, ISBN 9-783-735-739-056
Top-Touren im Südwesten - für geübte und konditionsstarke Wanderer
Paperback, 160 Seiten, 45 Farbseiten, ISBN: 9-783-750-431-430
**Zu Fuß dem Südwesten hautnah 111 Tipps und mehr -
ein etwas anderer Wanderführer**
Paperback, 260 Seiten, 46 Farbbilder, ISBN 9-783-738-628-814
Deutsch-Französische Liaison - C'est la vie
Paperback 132 Seiten, 9 Farbbilder, ISBN 9-783-754-357-385
Zwei ungleiche Brüder im Fadenkreuz des Schicksals
Paperback, 140 Seiten, 9 Farbseite, ISBN 978-375-266-046-3
Drama am Breithorn
Paperback, 108 Seiten, 6 Farbbilder, ISBN 9-783-734-765-131
Mord in Hintertux - Tatort Zillertal
Paperback 104 Seiten, 18 Farbbilder, ISBN 9-783-739-215-136
Der Spieler - Ein ungewöhnlicher Kriminalfall
Paperback, 132 Seite und 6 Farbbilder, ISBN 9-783-734-776-199
Zu fit für den Ruhestand - zu alt für einen Job
Paperback, 108 Seiten, 11 Farbbilder, ISBN 9-783-735-743-213
Im Banne des Moospfaff - Nordracher Unternehmer-Saga
Paperback, 120 Seiten, 10 Farbseiten, ISBN 9-783-751-923-866
Dunkel überm Eulenstein - Tragödie auf der Bühlerhöhe
Paperback, 144 Seiten, 12 Farbseiten, ISBN 9-783-741-299-490

Reflexion des Lebens in Lyrik und Prosa
Paperback, 140 Seiten, 23 Farbseiten, ISBN 9-783-741-276-576
Glauben ist einfach - oder einfach glauben
Paperback, 340 Seiten, 25 Farbseiten, ISBN 9-783-735-722-829
Lach mal wieder - Eine Sammlung von 163 Liedern, Vorträgen und Sketchen
Paperback, 292 Seiten, 17 Farbbilder, ISBN 9-783-741-228-766
Über Grenzen gehen Go beyond borders - oder wenn einer eine Reise tut...
Paperback, 380 Seiten, 25 Farbseiten, ISBN 13: 978-375-433-406-5
Sabotage im Weinberg - Tatort Durbach
Paperback, 124 Seiten, 12 Farbseiten, ISBN 9-783-741-297-250
Mein Freund der Alkohol -
Kritische Betrachtung eines ambivalenten Genussmittels
Paperback, 244 Seiten, 18 Farbseiten, ISBN 9-783-743-138-612
Der Eremit vom Wilden See - Ein entschlossener Aussteiger
Paperback, 288 Seiten, 24 Farbseiten, ISBN 9-783-753-464-275
Der Seppe-Michel vom Michaelishof - Eine Schwarzwald-Saga
Paperback, 304 Seiten, 23 Farbseiten, ISBN 9-783-746-026-308
Michaelishof Eine Tochter muss sich behaupten
Schwarzwald-Saga Teil 2
Paperback, 336 Seiten, 23 Farbseiten, ISBN 9-783-744-840-392
Glauben ist einfach - oder einfach glauben
Paperback, 420 Seiten, 24 Farbseiten, ISBN: 9-783-754-309-322
Gottes Wesen verstehen
Paperback, 256 Seiten, 12 Farbseiten, ISBN 9-783-751-972-734
Der Selfmademan - Eine Unternehmer-Saga
Paperback, 348 Seiten, 18 Farbseiten, ISBN 13: - 9-783-754-325-667
Leben im Corona-Nebel
Paperback, 220 Seiten, 9 Farbbilder, ISBN: 9-783-752-610-161